2017 현대시를 대표하는

名人 名詩 특선시인선

(사)창작문학예술인협의회 / 대한문인협회

QR CODE

제 목 : 봄비 마중
시 인 : 강사랑
시낭송 : 김지원

제 목 : 긴 세월 다 지나
시 인 : 고경애
시낭송 : 박순애

제 목 : 나목(裸木) I
시 인 : 곽철재
시낭송 : 최명자

제 목 : 가을이 좋다
시 인 : 국순정
시낭송 : 박영애

제 목 : 슬픈 여정
시 인 : 권태인
시낭송 : 박영애

제 목 : 비 오는
　　　날의 하루
시 인 : 김강좌
시낭송 : 박태임

제 목 : 그 남자의
가슴엔 우렁각시가 산다.
시 인 : 김기월
시낭송 : 최명자

제 목 : 연꽃처럼
시 인 : 김명시
시낭송 : 박순애

제 목 : 뜨겁게
　　　포옹한 그녀
시 인 : 김상화
시낭송 : 박영애

제 목 : 천사를
　　　사랑한 천치
시 인 : 김선목
시낭송 : 최명자

제 목 : 커피가
　　　그리운 아침에
시 인 : 김이진
시낭송 : 박태임

제 목 : 겨울
시 인 : 김인숙
시낭송 : 김지원

제 목 : 이별 연습
시 인 : 김정희
시낭송 : 박순애

제 목 : 어느 손이면
　　　어떤가
시 인 : 김종대
시낭송 : 박영애

제 목 : 풍금이
　　　있던 자리
시 인 : 김혜정
시낭송 : 김락호

제 목 : 소절(素節)
　　　국화
시 인 : 김흥님
시낭송 : 최명자

QR CODE

제 목 : 비명
시 인 : 김희선
시낭송 : 박영애

제 목 : 가을과
　　　 쑥부쟁이
시 인 : 김희영
시낭송 : 박태임

제 목 : 다름을 알아야
시 인 : 박근철
시낭송 : 김지원

제 목 : 멋진 편지
시 인 : 박기만
시낭송 : 박순애

제 목 : 여심 하나
시 인 : 박순애
시낭송 : 박순애

제 목 : 華詩夢
　　　 (화 시 몽)
시 인 : 박영애
시낭송 : 박영애

제 목 : 밤톨 삼 형제
시 인 : 박정재
시낭송 : 최명자

제 목 : 벚꽃 축제
시 인 : 박희자
시낭송 : 박태임

제 목 : 사랑은
시 인 : 백설부
시낭송 : 김지원

제 목 : 홍매화
시 인 : 석옥자
시낭송 : 박영애

제 목 : 시간 위에
　　　 삶을 그리다.
시 인 : 성경자
시낭송 : 김락호

제 목 : 그런 사람
시 인 : 안복식
시낭송 : 최명자

제 목 : 수행의 길
시 인 : 안정순
시낭송 : 김지원

제 목 : 여름의 잔영
시 인 : 윤춘순
시낭송 : 박태임

제 목 : 양귀비꽃
시 인 : 이유리
시낭송 : 김락호

제 목 : 첫사랑
시 인 : 임세훈
시낭송 : 박영애

♪ 시낭송 QR 코드는 스마트폰 QR 코드 리더기를
이용하여 시낭송을 감상할 수 있습니다.

QR CODE

제 목 : 석류
시 인 : 임재화
시낭송 : 박순애

제 목 : 만년필
시 인 : 임종구
시낭송 : 박영애

제 목 : 소나기
시 인 : 장계숙
시낭송 : 김락호

제 목 : 큰 그릇
시 인 : 전윤구
시낭송 : 최명자

제 목 : 연애소설
시 인 : 정병근
시낭송 : 최명자

제 목 : 아이스께끼의
    흔적
시 인 : 정상화
시낭송 : 박태임

제 목 : 갈림목의 여름
시 인 : 정찬열
시낭송 : 김지원

제 목 : 봄오는 길에서
시 인 : 정태중
시낭송 : 박순애

제 목 : 그냥
시 인 : 조민희
시낭송 : 박태임

제 목 : 벚꽃 사랑
시 인 : 조한직
시낭송 : 김지원

제 목 : 비 맞는 느낌
시 인 : 주명희
시낭송 : 박순애

제 목 : 청포도
여물어가는 7월
시 인 : 주응규
시낭송 : 박영애

제 목 : 모래의 사연
시 인 : 최윤희
시낭송 : 박태임

제 목 :
단시(短詩)로부터
시 인 : 한규봉
시낭송 : 김지원

제 목 : 옹기
시 인 : 홍진숙
시낭송 : 박영애

제 목 : 겨울 호수
시 인 : 황유성
시낭송 : 김락호

♪ 시낭송 QR 코드는 스마트폰 QR 코드 리더기를
이용하여 시낭송을 감상할 수 있습니다.

13번째 "명인명시 특선시인선"을 엮으며

매년 기대되는 시인을 선정하는 작업을 13년째 해오면서 힘들었지만, 올해는 대상자가 많아 더 어려움이 많았던 것 같다. 현대 시를 대표하는 "명인명시 특선시인선"이란 제호에 걸맞은 작품과 활발히 활동할 시인을 선정하기란 쉬운 일이 아니기 때문이다. 선정되지 못한 시인의 불만도 적지 않았지만 선정되고 나서 겸손해하는 시인도 많았다. 어렵게 선정한 시인들의 작품세계와 활동을 기대해본다

시인이 자신을 대표하는 시를 짓는다면 그 작품은 곧 대한민국을 대표하는 시가 될 것이기에 선정된 시인의 작품 중 한편을 지정해서 전문 시낭송가가 낭송시로 만들고 삽화를 이용한 시화로 만들어 달력으로 제작하였다. 또한 큐알코드를 이용해 휴대전화만 있으면 어디서나 시낭송과 영상을 보고 들을 수 있는 멀티시집으로 제작하게 되었다.

이번 2017년이 기대되는 시인 48인을 선정하면서 작품성도 중요하지만, 앞으로 활동할 능력을 많이 고려했다. 시는 어떤 작품이 좋은 시다라고 정의할 수가 없다. 시인이 상황을 묘사한 작품을 독자가 공감해야만 좋은 시이기 때문이다. 〈2017 명인명시 특선시인선〉에 전년에도 이어서 선정된 시인과 새로이 선정된 시인은 앞으로 더욱 활발한 활동으로 시문학을 아끼는 독자에게 다가가는 계기가 되기를 기원하면서 2017년 현대 시를 대표하는 "명인명시 특선시인선"을 엮었다.

사단법인 창작문학예술인협의회 이사장 김락호

名人名詩

가나다순 수록

시인 **강사랑** 편

♣ 목차

♪ 시낭송 QR 코드
제 목 : 봄비 마중
시낭송 : 김지원

시작노트

내 사랑은 내 남편 / 강사랑

내 인생에 무덥고 힘든 날
그늘을 찾겠다고
높은 하늘 바라보며 한숨지을 때
이파리 넓게 펴주며 보듬어주는
사랑이 있습니다.

세상 살면서 나에게 찾아온 큰 사랑은
편안하고 고마운 휴식처였고
작은 미소에 마냥 가슴이 뛰어
하루가 행복해지는 공기 같은 사랑
그 사랑이 있기에 오늘도 행복합니다.

내 사랑은 늘 가까운 곳에서
우리 가족과 나를 지켜 주며
형언할 수 없는 큰 사랑을
감미로운 목소리 외쳐 줍니다.

내 남편
내 사랑은 오늘도 행복한 그늘을 만들어
줍니다.

행복을 짓는 여자 / 강사랑

풀잎이 마알간 이슬을 먹고
안개가 신비함을 가져다주는 산골
밤이면 수 없이 쏟아지는 별들을 가슴으로 받아
소녀는 꿈을 꾸었다

하얀 꿈들이 희미하게
도시로 깊은 도시로
세월 따라 흘러왔다

자아가 꿈틀거리는 오직 나
그 하나가 둘로 둘에서 넷으로
풍성해진 식탁이다

매일 같이 떠오르는 태양을
그들에게 나눔 해주는 삶이다
해 뜨면 사방으로 흩어졌다가
해지면 내 곁으로 모여드는 그들을 위해
편안함의 휴식을 저축한다

세상이 험난하여도
내 빛을 바라보는 나 닮은 너를 위해
부끄럽지 않게 걷고 또 걸으며
밥 뜸 드는 냄새를 집안 가득 채운다

첫눈에 반한 사랑 / 강사랑

줌으로 널 끌어당긴다
한 눈으로 널 바라봤을 때
내 가슴에 널 찍었다

너는 꽃이요
너는 하늘이요
너는 나무이며
너의 아름다움을 내 눈에 다 넣어
심장 깊숙이 숨겨 놓고
어쩌다 생각이 나면
그때 또 한 번 꺼내본다

셔터를 누르며 빛을 너에게 보내면
화들짝 놀란 나는 그 순간
아름다운 시간을 멈추게 할 수 있다

뷰파인더로 보는 세상에는
또 다른 나를 담을 수 있는 소우주가 있다

봄비 마중 / 강사랑

예쁜 임이 오신다기에
노란 우산 하나 들고 봄 마중 갑니다

시가 되고
그림이 되는 풍경을 한 아름 안고
소리 없이 사뿐사뿐 걸어오십니다

봄 바구니에 쑥과 냉이를 가득 담고
해맑은 미소 한가득 담아 오십니다

진달래와 개나리를 닮아
가녀린 몸이지만
오시는 임 반기려 커다란 목련을 피웠습니다

노란 우산 살며시 감추고
먼 길 오신임을 온몸으로 맞이하면
설렘에 순간의 행복은 기쁨의 눈물 되어
소리 없이 대지의 깊은 곳까지 적십니다

내일은 온 세상에 봄꽃이 만발할 것 같습니다

제목 : 봄비 마중
시낭송 : 김지원
스마트폰으로 QR 코드를 스캔하면
시낭송을 감상할 수 있습니다.

강사랑 시인

아버지와 노래 / 강사랑

노래 속에 아버지의 삶이 있다
아버지 삶 속에 노래가 있다
노래 한 가락 한 가락이 아버지다

푸른 목장에 젖소 다섯 마리가 새벽을 깨우면
아버지는 양동이에 하얀 희망을 짜냈다
덜컹거리는 비포장도로를
자전거 페달을 밟으며 음표를 달았고
집으로 돌아오시는 아버지의 발걸음엔
내 새끼들 웃음을 빈 우유병에 담았다

아버지는 노래하는 직업을 가진 것도 아닌데
노래를 하시고 노래 속을 걸으셨다
어린 소년가장의 가난함도 노래로 채우며
젊은 시간의 부서진 아픔도 장구 소리에
설움을 다 담았다

초록 무성한 이파리엔 어느새
흰 눈이 내려앉고   적막한 밤을 소리 없이 씹어 삼키시며
굽어진 가지만 앙상하여   썩지 않을 눈물로 하루를 재우고
좀처럼 퍼지질 않는 늙은 청춘이 되었다 말 없는 가르침은 늘
                                   우윳빛깔을 닮으라 하였다

겨울 등대 / 강사랑

눈이 오지 않은 겨울 가뭄에 갈증이 난다
갈증이 나서 바닷물을 마셨다
바닷물은 술이 되어 출렁거리지만 취하지 않는다

나는 그 자리 변함없이 지키고 있는데 세월은
어느덧 젖먹이 아기를 큰 아이로 만들어 버렸다

오늘도 최선의 노력으로 피아노 발성 연습을 하지만
10년이 되어도 그 자리다
밤이 내려앉은 깜깜함에 등불을 밝혀야 한다

거침없이 출렁거리는 파도를 견디며 달려오는 배 한 척의
심장 소리를 들어야 하기 때문이다

늘 변함없이 기다리는 마음 하나 등대여!

저녁 식탁은 널브러져 있다
아침에 먹다 남은 해장국과 우유와 맥주 한 캔이 전부인
겨울 등대의 만찬이다

그리고 뜨다만 털목도리가 식탁 구석에 자리한다
완성되지 않은 털목도리는 겨울 찬바람을 막아 줄 거라는
희망의 입김을 내고 있다

강사랑 시인

할아버지와 손자 / 강사랑

닮았다
뒷모습이 영락없이 닮았다
하얀 러닝셔츠와 알록달록 파자마
손자는 할아버지 손잡고 걷는다
걷는 모습도 닮았다

할아버지가 손자 눈높이 맞추려고
더 낮게 앉아서 세상을 바라본다
이제 걸음마 하는 손자
아장아장 걷는 품새가 세상 다 가진 듯하다

앞으로 걸어갈 날이 많은 손자
이제껏 걸어온 걸음이 숨가파 쉬고 싶은 할아버지
둘이 마주 앉아 웃음으로 하나 되어
동심으로 젊어지는 시간이다

손자는 할아버지가 마냥 내 편이고
할아버지도 손자가 보물 중 보물이라 아낌없다
할아버지 사랑받아 먹고
손자 녀석 씨감자 두 개가 여물어간다

갱년기(여름 가뭄) / 강사랑

계절도 갱년기가 있다
지독한 여름 가뭄에
토끼와 하늘다람쥐가
목마름에 비쩍 마르고 있다

나무도 풀도 기운을 못 차리고
축 처진 두 어깨가 너무 애처롭다

해 뜨면 무거운 발걸음은 밖으로 향하고
갈증을 해소하지 못하고
다람쥐 쳇바퀴 돌 듯한 하루, 하루
지칠 대로 지쳐 있을 때
니가 봄비였던 것처럼
나는 너에게 흠뻑 젖고 싶다

강사랑 시인

홀로서기(겨울등대) / 강사랑

사랑이 내려앉은 겨울밤바다는
고요하고 깨끗하여 텅 빈 내 마음의
잔잔한 숨으로 호흡하여라

살천스런 폭풍이 몰아쳐도
절대로
나는 쓰러지지 않을 것이며
슬프다고 울지도 않을 것이다.
홀로 선다는 것이 누구나 가야 하는 길 아니련가!

내가 지켜야 하는
두대박이의 등불이 되어야 하기에
오늘도 소리 없이 심장을 두드리며
작은 소망 하나로 율기 하는 나는
심살내리는 나의 찬란한 고독으로
바다 위의 모든 생명을 살포시 안아
외롭지만 진정 외롭지 않은 겨울 등대가 되리라

당당하게 외쳐보자
파도여 거친 파도여 내게로 오라
내게로 오는 것은 그 무엇이든
다 산산이 부서져 빛이 되어라

봄을 기다리는 사람들 / 강사랑

바깥 네모난 틀 속에 갇혀있는 사람들이
얼음을 구워 먹고 있다.

바람이 자유롭게 오고 가는
틈새에 내일을 잊은 지 오랜 사람들
새봄이 오리라는 믿음 하나로
오늘만을 살아간다.

봄이 온다는 것을 알기에
위장을 채워야만 하는 사람들
그들은 젤 먼저 들을 것이다.
얼음 녹는 소리를
문이 없는 문을 봄이 노크하는 소리에
웅크렸던 몸은 기지개를 펴며 외칠 것이다.
나는 살아있다고

봄이 이리 애타게 오는 건
겨울과 봄 사이에 커다란 벽이 있어
먼 길을 돌고 돌아 산 넘고 강 건너오는 중이라
봄은 그들에게 마지막으로 안긴다.

강사랑 시인

설날 / 강사랑

어제 갓 태어난 아기는
떡국을 먹지 않았는데도 두 살이란다.
새해 아침이다.
찬 서리 내려 춥고, 차가운 바람이지만
엄마 품에 있는 아기는 두려울 것 하나 없다.
일 년 동안의 성장이 가장 긴 세월을 배우고 먹는다.

어제는 묵은해, 오늘은 새해.
늘 반복되는 하루하루 다짐이
얼어붙은 땅속에서 새싹이 꿈틀거리고 있다는 것을 안다.
그래서 세상은 살 맛 나는 세상이라고
어른들은 아이에게 가르치고
아이는 그 맛난 세상 많이 먹으려 욕심이 많다.

추운 설날이지만 웃음이 되는
어른들의 덕담과 세뱃돈에 참 따뜻하다.
큰 솥 안에서 한 살 주는 떡국이
보글보글 잘 끓어 넘친다.

떡국 먹는 아침에는 어른도 아이가 되어
착하게 살기를 다짐하고 따뜻한 정종 한 잔에
몸도 마음도 붉게 익는다.

시인 **고경애** 편

♣ **목차**

1. 가을 눈물
2. 용서
3. 내안의 심지
4. 그렇게 시와 마주하고 싶다
5. 긴 세월 다 지나
6. 내 마음도 다리고 싶다
7. 능소화 눈물
8. 가을 여인
9. 등짐
10. 마음 거울

♪ **시낭송 QR 코드**

제　목 : 긴 세월 다 지나
시낭송 : 박순애

시작노트

잃어버린 추억의 한 자락 그 속의 우산을 펼치듯 그런 심정으로 시와의 만남을 두면서 글을 쓰기에 이르렀다.

대부분 시와의 인연이 내 생활의 자리에서 시작되고 그런 생활의 주변을 가꾸는 데 내 시의 울 안이 있다고 볼 수 있겠다.

삶의 그윽함 속에 머물기를 소원하는 희열을 두고 나는 시의 여행을 서둘기에 이른다.

가을 눈물 / 고경애

발그레 붉어지다
고개 떨구는 날

바람 한 자락
간지러워 비비 꼬더니

쇳소리로
소맷자락 들락 이다
흘리는 눈물이여

하늘 땅 뒤집어져도
때 되면 돌아오려니

징징 울지 말고
한 계절 자랑인 것을

또 한철
어루고 산 세월
찬 가을보다 차갑다

용서 / 고경애

미움의 언덕에
눈을 흘기는 증오의 씨
저주의 사슬로 묶지 말자

눈은 감더라도
마음 문은 열어두자

그리고 기다려보자

어느 날인가
문틈으로 내미는
작은 손 위에
내 손을 얹어주자

고경애 시인

내안의 심지 / 고경애

눈물은
때로 먼지로 숨었고
티끌이 되어 감아버리기도 하고

눈물은
모래가 되어 앙금으로 남아
풀어버린 한을 짜 느리게 하고

눈물은
감사로 짜낸 윤활유
가슴의 심지 태워 옹이로 남게 되고

눈물은
흘린 눈물은 마르지 않더라
눈물은 내 안의 심지더라

그렇게 시와 마주하고 싶다 / 고경애

나는 삶의 이력을
어느 초상화처럼
화필로 스케치하듯
그렇게 시와 마주하고 싶다

삶이 주는
순수의 미학으로
아픔의 경건한 손짓으로
다가서 마중하고

한 가닥 순수를 뽑는
언어의 감각을 깨워
시의 옷을 입혀서

삶의 높낮이와
자연의 순리와
그리고
많은 인연의 자리에
시 꽃을 심어주고 싶다

긴 세월 다 지나 / 고경애

누가
내 머리에 하얀 모자 씌워줬지
희끗한 서리 뒤집어쓰고
온몸으로 견디더니
상고대의 저 솔밭 길로 나서려는가

세월이 훑고 간 자리
아스라한 기억 저편 돌아다보니
무심한 세월
저만치 두고 온 추억 보따리

어떻게 싸매주려고
놓쳐버린 삶의 얘기
담을 겨를도 없이
세월의 꼭두각시 되라 하는가

버거운 한숨 소리　　　그러이
목울대로 치받혀도　　살아온 세월의 그림자는
깊은숨 한번 몰아쉬고　그리 사는 거다
살아온 자리　　　　　그렇게 살아가는 것이라 일러 주겠네

제목 : 긴 세월 다 지나
시낭송 : 박순애
스마트폰으로 QR 코드를 스캔하면
시낭송을 감상할 수 있습니다.

내 마음도 다리고 싶다 / 고경애

메케한 모깃불에
정을 태우고
내 별 하나 찾는 밤
툭툭 옛 얘기 익어갈 때

은하수 별빛 까치발로 내려와
별 밤의 선물 하나 새겨주었지
마주 잡은 손끝에서 정도 태웠지

벌건 불덩이 가슴에 담고
주름진 옷자락 걸쳐 주면
도란도란 얘기 속에
어느새
쭈글쭈글 엉킨 씨줄 풀어헤치고
날줄의 손에 선을 그었지

내일 밤엔
세상의 먼지 다 털어내고
세상의 죄로 진 얼룩이
지워도 좋으냐고 물어봐야지
쭈그러진 마음 펴 주라
떼도 써봐야지

능소화 눈물 / 고경애

눈으로 눈으로만 흐르는
한의 눈물입니다.

가던 걸음 멈추게 하고
뉘 집 담장인지 잠시 머뭇대다
가슴에 손을 얹는 아픔입니다.

수줍은 눈망울에 피멍이 들어
스치는 바람 소리
임의 발소리인가 놀래어 웁니다.

담장을 딛고
마냥 님만 그리다가
목을 길게 뽑더니

허우적이는
한의 옷을 입고 피어오르는
사랑의 눈물 담은 아픔입니다.

가을 여인 / 고경애

세월의 마디마디
누가 금을 그었는가

발 앞까지 성큼
다가온 가을 여인은
사알 짝 여미는 다홍자락에
갈바람 너울대는 춤사위로 오는가

시인은
한 줄의 시로 스치게 하고
한 옥타브 높여 부르는 달 밝은 밤
성글게 낭만의 꿈 새기게 하고

옷 속으로 살랑 이는 갈바람은
여인의 간지럼인 양 부끄럼 태워
밤의 스산함 속에 묻히거니
누가 여기서
애기꽃을 피우자 하는가

하얀 밤의 적막 속에
여치랑 귀뚜리랑
실내악 피어 풀 섶에 깔거니
누가 여기서
애기꽃을 피우다 잠들자 하는가

등짐 / 고경애

그렇게 무겁소.
어깨 위로 성근 근심 내리면서
좀 벗으면 어떻소.

쓰러질 것 같소
물 먹은 소처럼
좀 쉬었다 가면 어떻소.

그냥 보이소.
축축한 눈망울
감추려 애쓰지 마소.

살다 보면
별스런 날 다 있잖소.
안고 삭이다 보면
요기할 날도 오더이다.

마음 거울 / 고경애

한 올 한 점 얼룩
쏘옥 빼서 개키듯

내 마음도 푹푹
삶아 빨 수 있다는데
얼마나 좋을까

볼 수도 없는 것이
만질 수도 없는 것이

어느 땐 웃었다가
또 어느 땐
뒤엉킨 속내 헤집으면서도

몰라라 하는 이 마음
보여줄 이 누구 어데 없소

시인 **곽철재** 편

♣ 목차

♪ 시낭송 QR 코드
제 목 : 나목(裸木) I
시낭송 : 최명자

프로필

· 대한문학세계 시 부문 등단
· (사)창작문학예술인협의회 정회원
· 대한문인협회 대구경북지회 정회원
· 2014. 12 대한문학세계 시 부문 등단
· 2015. 05 금주의 시 선정
· 2015. 09 대한문인협회 주최 순우리말 글짓기 공모전 금상 수상
· 2015. 12 창작문학예술인협의회 향토문학상 수상
· 2017 명인명시 특선시인선 선정

민들레꽃 / 곽철재

등꽃이 상쾌하게 드리워진 벤치에선
보이지 않았습니다
길가에 핀 민들레꽃

빨간 줄장미를 따라 걸을 때도
보지 못하였습니다
그날도 바람에 흔들렸을
길가에 핀 민들레꽃

까닭 없이 허전하여 종일을 헤매다가
나는 보았습니다
마을이 끝나는 곳에
홀로 서 있는 민들레꽃
푸석해진 개똥 옆에
참 노랗게도 피었습니다

느티나무 잎을 훑어내리던 비바람이
한바탕 길을 휩쓸고 간 후에
나는 알았습니다
내 마음 깊은 곳에 단단히 뿌리 내린
키 작은 연민 하나
다시는 캐낼 수 없음을

벗나무에 잎이 돋는다는 것은 / 곽철재

벗나무에 잎이 돋는다는 것은
비로소 그가
삶에 눈을 떴다는 뜻이다
꽃이 피고 지는 내내
화사하게 사람들 웃음 속을 떠다니다
이제 한발씩
현실로 나서야 하기 때문이다
하루가 다르게 커갈 열매를 위해
아무것도 보이지 않는 땅속에서
물을 길어 올려야 하고
수시로 들이닥치는 비바람을
온몸으로 받아내며
부지런히 생명을 보듬어야 하는 것이다

벗나무에 잎이 돋는다는 것은
꽃보다 절실한 무엇이
그에게 생겼다는 뜻이다
살아가야 하는 것과
의연히 지켜내야 할 것을 알았으며
곧 닥쳐올 무더위도 견뎌내야 한다는 것을
잘 알고 있다는 뜻이다

붉은 연꽃 / 곽철재

유등지에 비가 내린다
아득한 연잎바다에 은녹빛 아픔이 번뜩이고
여인의 가슴처럼 넓은 연잎 속으로
쉬임 없이 슬픔이 떨어진다
부처의 말씀은 여기에도 엄연하지만
세상의 고통 몇 방울도 받아내지 못하는
가련한 생이여
굳어버린 가슴을 더 이상 적실 수 없는
지독한 그 숙명이 무엇이길래
차마 내칠 수 없는 영롱한 마음 한 자락마저
아무것도 볼 수 없는 뻘 속으로
이슬처럼 굴려 떨구어버리나
자비의 무지개는 흐린 하늘에 가려 있고
우리의 오늘은 내리는 빗물 속에 잠겨 있으니
유등지에는 그저 개구리 소리만 무성하다
비는 여전히 내리고
어제도 오늘도 긴 목줄기를 늘인 채
붉은 연꽃이 피고 있다
그렇게 간절함은 여 · 기 · 저 · 기 · 에
피어나고 또 지고 있다

곽철재 시인

달과 그대 / 곽철재

그때는 보지 못하였습니다
가무실재 넘어들 때
보내오신 그윽한 그대 눈빛을
그때는 알지 못하였습니다
끝 모를 낭떠러지를 하염없이 날고 있는
갈대 속청 같은 내 날개 찢어질까
저만치 물버들 품은 개울가에서
말없이 지켜보시던
달무리 진 그대 마음을

어디선가 날아든 날카로운 칼날에
가슴을 베이고서
덤받이마냥 숨죽이고 흐느낀 오늘
그토록 힘든 하루가
까맣게 널브러진 뒤에야
나는 알았습니다
깜깜한 솔숲을 헤치고 와
말없이 안아주신 분이 그대인 줄
오늘에야 알았습니다
자드락길을 베고 누운
곰솔나무 긴 그림자 위로
이따금 부엉이 소리 밤의 고요를 건널 뿐

그대 내 손을 잡으시고
나는 그대 손길 느껴워하며
함께 걷는 오솔길에
서로 말은 없습니다
······
온누리에 쏟아지는 가없는 이 기쁨이
이제 궂은비로 내린다 해도
나는 괜찮습니다

만추(晚秋) / 곽철재

그대가 처음 나에게 올 때
산꿩처럼 그렇게 청신하더니
오늘 그대가 떠나려는 날에도
여전히 이렇게 곱구나

세상 한 철을 살아가는데
그대인들 어찌 비바람이 없었을까
잊고 싶었던 수많은 아픔들은
맑은 계곡에 띄워 흘러 내리고
못다 한 우리의 지순한 사랑만을
가을 하늘 아득히 흰 구름에 실어 올리자

언젠가는 오고야 말 이별을
나 역시 모른 것은 아니지만
마치 오래전부터 준비해 온 것처럼 그대는
옅어지는 우리의 인연을 서둘러 정리라도 하려는 듯
단풍처럼 붉은 추억들을
참 무심하게도 떨구어내고 있구나

계절에 익어 농염한 그대 모습은
안타까운 미련이 되어 나를 괴롭히고
초조한 늦가을 햇볕을 등 뒤로 한 채
순식간에 내 곁을 떠나버릴 것만 같은
아름다운 여인이여
사랑하는 그대여

곽철재 시인

갈대는 갈대숲에서 더욱 무겁게 흔들린다 / 곽철재

갈대가 흔들린다
갈대숲에서 갈대가 흔들린다
갈대숲 속에서
갈대가 더욱 무겁게 흔들리는 것은
결코 더 거센 바람이 불어서가 아니다
누구에게도 말할 수 없고
그 누구도 알 수 없는 고독 때문에
저 혼자 몸부림을 치는 것이다

갈대가 운다
갈대바다에서 갈대가 운다
갈대바다 속에서
갈대가 더욱 깊은 소리로 우는 것은
결코 더 거친 물살이 몰아쳐서가 아니다
아무도 까닭을 알지 못하고
자신도 깊이를 모르는
마음속 한 귀퉁이 갈증 때문에
저 혼자 절규를 하는 것이다

점점 차가워지는 강물을 품은 채
세상처럼 넓은 갈대숲은
세월처럼 무거운 저 갈대바다는
그저 저무는 해를 따라 흐를 뿐
메마른 갈대는
야윈 뺨을 아프도록 서로 부비어 보지만
더 이상 좁힐 수 없는 너와 나의 간격 때문에
오늘도 혼자서 몸부림을 치고 있다
절규를 하고 있다

나목(裸木) I / 곽철재

12월의 도시에
… 바람이 분다.
가지 끝에 매달린 몇 장의 잎들은
연말의 샐러리맨처럼 떨고 있고
꺼칠한 몸뚱아리는 차갑게 웅크리는데
냉기는 내 목덜미에
손 쓸 틈도 주지 않고
… 쑤욱 파고 들어버린다.

지난가을
낙엽보다 많은 사람들이
저마다의 걸음으로 넘실대던 거리에는
거미줄처럼 가늘어진 햇살과
얼음장처럼 식어버린 보도블록만
차가운 바람에 맞서고 있다.

죽을힘을 다해
틈새를 비집고 나온 민들레조차
몸보다 더 발가벗겨진
내 가슴속에는
아무런 위로가 되지 못한다.

… 너무 춥다.

제목 : 나목(裸木) I
시낭송 : 최명자
스마트폰으로 QR 코드를 스캔하면
시낭송을 감상할 수 있습니다.

겨울새 / 곽철재

차가운 바람이
눈 쌓인 나뭇가지를 흔들면
얼음 같은 눈 파편이 무심하게 떨어진다

제 마음처럼 부쩍 야윈 겨울새는
온몸이 젖는 줄도 모른 채
아무도 오지 않는 숲속 눈밭을
몇 시간 째 종종걸음을 치며
간절한 기다림으로 서성거린다
겨울이 시작되기 전부터 이미 닳기 시작한 부리는
가뜩이나 윤기 없는 깃털을 끊임없이 쪼아대고
초조한 그의 눈빛은
야금야금 산등성이를 타고 내려오는
흐린 하늘을 자꾸만 힐끔거린다

겨울새여
설산을 헤매는 아픈 구도자여
오랫동안 비어있는 그대 가슴을
조금이라도 채워 줄 열매 한 알을
황량한 저 눈밭에서 구할 수만 있다면
시린 머리 위로 자꾸만 쏟아지는 이 눈덩이쯤은
정말 아무 것도 아닌 것이리라
마른 가지 사이로 불어오는 매정한 골바람은
순식간에 지나갈 테고
가슴속 깊숙이 굳어버린 차가운 돌덩이들은
하염없이 내리는 눈 속에
켜켜이 묻어두면 되리라

동백꽃 누나 / 곽철재

붉어야 사랑인 줄 알았다
짙녹빛 반짝임만 고귀한 사랑인 줄 알았다
나의 누나는 그렇게 살다 갔다

찬바람 거센 언덕배기에도
눈 내리는 오막살이 뒤안에도
그것을 숙명으로 알고 살았다
아비 잃은 자식을 셋이나 보듬으며
나의 누나는 그렇게 살다 갔다
붉다가 붉다가 아픔에 검게 타고
문득 불어온 비바람에
온 몸이 뚝뚝 송두리째 떨어져도
그 길이 여인이고
그 삶이 엄마인 줄 알고
일흔이 넘도록 청상으로 살다 갔다
지아비 사랑은 오로지 붉어야만 하고
가지마다 매달린 삶들은   붉은 치마에 초록 저고리 곱게 하여
언제나 진한 윤기가 흘러야 했지   서산 넘어 시집간 누나
                                너무 붉어서 검어지고
                                너무 짙어서 아팠던 여인이여
                                노을 물든 저녁 하늘이
                                저리 고운 줄은 알고 있으려나

곽철재 시인

가뭄 / 곽철재

오후의 뜨거운 열기는 아스팔트에 날뛰고
하늘은 화재 현장의 수증기처럼 희뿌옇다
우리의 마음 모양으로 갈라 터진 볏논에는
우렁이 딱지가 병든 손톱처럼 말라붙었다
팔달다리 건너 염색 공단에는
후텁지근한 어둠이 짙은 무채색으로 깔리지만
도시의 밤은 아홉 시에도 여전히 숨이 가쁘다

버티어 보자
내일이면 우리가 이길 것이다
싸움은 결국 인내가 아니었던가
아니, 차라리 더욱 바싹 말려 두자
소똥에 앉은 파리가 더 파먹을 것이 없어질 때까지
이대로 가루가 되어 천지에 날릴 때까지
더욱 바싹 말려 두자
한 달을 두고 내리쏟아질 비
한 방울도 남김없이 모두 품을 수 있도록
한 방울도 바다로 흘러가지 못하도록
더욱 바싹 말려 두자

시인 국순정 편

🎵 시낭송 QR 코드
제 목 : 가을이 좋다
시낭송 : 박영애

프로필

· 대한문학세계 시 부문 등단
· (사)창작문학예술인협의회 정회원
· 대한문인협회 경기지회 정회원
· 서정문학 정회원
· 대한창작문예대학 6기 졸업
· 문예창작지도자 자격 취득
· 대한창작문예대학 졸업 작품 경연대회 장려상
· 2016 순우리말 글짓기 전국 공모전 장려상
· 2016 특별초대 시 자연에 걸리다 작품 선정
· 2016년 5월 3주 금주의 시 선정 대한문인협회 《조가비의 전설》
· 2017 명인명시 특선시인선 선정
〈공저〉
· 동반의 여정 (제6기 대한창작문예대학 졸업 작품집)
· 햇살 드는 창 (대한문인협회 경기지회 동인문집)

국순정 시인

그렇게 그렇게 / 국순정

뚜두둑
떨어지는 빗방울이
가을을 노크합니다

노오란 들국화가
웃음 띤 얼굴로 달려와 반깁니다

청춘은 그렇게
가을비로 왔다가
들국화 따라서 가는가 봅니다

후두둑
떨어지는 그리움이
가을을 부릅니다

빠알간 단풍잎이
홍조 띤 얼굴로 고개를 듭니다

사랑은 그렇게
그리움으로 왔다가
단풍잎처럼 부서지는가 봅니다

청춘도 사랑도 그렇게 그렇게
응어리진 빗방울이 농축되어
삶의 향기로 익어가나 봅니다

가을이 좋다 / 국순정

가을
나 너를 보고
가슴이 설렌다
너의 향기가 그윽하고
너의 노래가 감미롭고
너의 하늘이 맑아서

가을
나 너를 안고
미소를 짓는다
너의 들판이 풍성하고
너의 나무가 아름답고
너의 온몸이 꽃이라서

가을
나 너를 훅 안고
사랑에 빠진다
너의 아침이 신선하고
너의 바람이 좋고
너의 세상이 행복해서

가을이 참 좋다.

제목 : 가을이 좋다
시낭송 : 박영애
스마트폰으로 QR 코드를 스캔하면
시낭송을 감상할 수 있습니다.

조각난 추억 / 국순정

한잔 술에 목놓아
울어버리고
당신을 잊겠노라
잊어주겠노라
다짐했건만

긴 세월 내 앞에 놓인
삶의 무게가
당신을 사랑한 무게만큼은
아니었나 봅니다

행복했던 날들
사랑스런 추억의 조각들

잊을 수도
지울 수도 없었기에
당신의 행복을 빌었나 봅니다

별들도 함께 울던
그날의 조각난 추억들

미워할 수도
원망할 수도 없었기에
당신의 행복을 빌고 또 빌었나 봅니다

가면 속의 나 / 국순정

오늘도 난
당신을 이해한다고
너그러운 척했습니다

착한 사람처럼
가면을 쓰고
웃는 얼굴을 보였습니다

하지만
마음 한쪽 구석에선
이기적인 당신이 미웠습니다

지금껏
나도 나한테 속고 살았습니다
따뜻한 사람인 줄 알았습니다
착한 사람인 줄 알았습니다
모든 걸 이해할 줄 아는
아량이 넓은 여인인 줄 알았습니다

아니더군요.
화도 낼 줄 알고
삐질 줄도 알고
소리도 지를 줄 아는
아줌마였습니다

오늘은 내가
당신을 아낀 것만큼 만
나를 좀 아낄 걸 후회했습니다

가면 속에 나를 가두고 살아온 세월
그 누구도 탓하지 않으렵니다

내 웃음이 썩어갑니다
한바탕 미친 웃음으로
썩어버린 웃음을 도려냅니다

그리고
가난한 가슴으로 웃어봅니다

보석 같은 청춘 / 국순정

너는 언제 청춘이었더냐
나는 어제 청춘이었거늘
오늘은 어제로 돌아가
또 한 번 청춘이로다

즐겁구나
기쁘구나
웃음소리 행복이 묻었구나

깔깔대던 신순이
새침데기 인숙이
코스모스 같던 은경이
두 손 모아 박차 맞추며
꾀꼬리 같은 노래 부르던 계순이

남모르게 흘린 눈물도
아프게 흘러간 세월도
돌려놓은 청춘 앞에
꼬랑지 내린 강아지로구나

까까머리
듬성듬성 소갈머리 드러내고
단발머리
지지고 볶아 긴 세월 알리지만

청춘이 멀리 갔더냐
어제가 오늘이고
오늘이 청춘이거늘
보석 같은 청춘이로다

내일도 어제처럼
떠오르는 태양이
우리 위해 솟아나니
반짝이는 눈망울로
즐겁고 행복한 인생
그것이 내 삶이요
내 청춘이로다

하얀 미소 / 국순정

나의 이름 있었는가
반백 년 흔적은 나이테처럼
내 손 마디 위로 보이고
가만히 들여다본
거울 속 내 얼굴
숨소리도 손놀림도 멈추고
스무 살 내 이름 찾아 나선다

꿈많고 싱그럽던 나는
온데간데없고
만고풍상 겹겹이 쌓은 서릿발이
남은 생을 함께 하자며
천연덕스럽게 내 머리에서
하얀 미소를 짓는다

쭈그러진 얼굴과
반백의 머리카락이
내 모습 바꾸어 놓아도
허투루 인생 살아낸 것 아니기에
따뜻한 마음으로
가을로 가는
내 모습을 사랑할 것이다

감꽃 속에 어리는 얼굴 / 국순정

밤이 새도록 어둠을 끌어안고
세상 속에 내동댕이쳐진 설움은
아픔으로 숨죽인 비명만을
피를 토하듯 질러댔다

엄마!

심장을 찌르는 고통의 단어는
내 입술을 차마 열지 못하고
묵직하고도 뜨거운 돌덩이로
움켜쥔 명치를 태웠다

엄마 젖이 그리워 울던 내 동생
달래줄 수 없어 등에 업고
엄마 향기 찾아 장독대를 돌다
애꿎은 감꽃만 바라다보았다

그렇게 목에 걸린 엄마는
또 밤이 찾아와도
목젖 언저리에서 뜨거운 눈물로 맴돌 뿐
토해내지 못해 더 아파야 했다

감꽃 속에 어리는 엄마 얼굴
나보다 더 슬퍼 보여
내 뜨거운 눈물은 처절함으로
엄마 발자국 위로 떨어졌다

엄마!
지금 이렇게 언제라도 불러볼 수 있는
내 사랑하는 엄마를...

조가비의 전설 / 국순정

설레는 가슴에
하얀 파도 소리 일렁이고
어둠 속 한 줄기 빛 따라
닫힌 마음에 수채화처럼
그대 오시는 밤

무지갯빛 고운 속삭임
귓전에 닿고
비밀스레 불러주는
은빛별의 노랫소리에
웃음꽃 피워내는 조가비

핼쑥해진 새벽이 오면
전하지 못한 은빛별 사랑
달콤한 꿈들은
바닷가 포말로 부서진
백작이 되어
조가비의 전설 속에 남았다

술 한잔 어때 / 국순정

힘들면 한숨도 쉬어 보고
슬프면 소리 내어 울어도 돼

기댈 어깨가 없으면
잠시 내 어깨 빌려 줄께

좋으면 웃어도 보고
싫으면 짜증 내어 돼

어디 기분이 내 맘대로 되던가

삶에 쫓기다 보면
여기 저기 상체기도 나고
티눈처럼 가슴에 박힌 상처가 덧날 때도 있지

술 한잔 어때

가끔은 커피보다
쓰디쓴 쏘주 한잔이 약이 되더라고

세상 자그마치 오십 년을 넘게
바쁘게 살아 왔는데
조금 느리게 간다고 넘어지기야 하겠어

풍진 세월도 얄궂은 인연도
쏘주 한잔에 담아 마셔 보자고

그리고 또 내일 열심히 살아 보자고
힘내!

살다 보니/ 국순정

살다 보니
괜시리 서글픈 날이 있더이다
먹는 것도 자는 것도
웃는 것도 싫고
사는 것이 싫은 날도 있더이다

살다 보니
하지 못할 말도 많더이다
좋은 날만 있는 것은 아니지만
털어놓고 말할 수 없어
힘에 겨운 날도 있더이다

살다 보니
웃지 못할 날도 많더이다
복장 터지고 속 터져서
웃을 일이 있어도
웃음조차 나오지 않더이다

살다 보니
참 허무한 일도 많더이다
앞만 보고 열심히 살았건만
모두가 허망하고
인생사 헛살은 듯 하더이다

이래도 살아야 하고
저래도 살아야 하니
욕심일랑 비워내고
살다 보면 좋은 날 있으리라
희망 갖고 살아 봅니다

시인 **권태인** 편

🎵 **시낭송 QR 코드**

제 목 : 슬픈 여정
시낭송 : 박영애

프로필

· 대한문학세계 시, 수필 부문 등단
· (사)창작문학예술인협의회 정회원
· 대한문인협회 대구경북지회 정회원
· 전) 특수전사령부, 제3공수특전여단 근무
· 전)경북지방경찰청 수사과 근무
· 전)안동경찰서 강력팀 근무
· 현)안동경찰서 근무

〈수상〉
· 2016 한 줄 시 짓기 전국 공모전 은상
· 우수작 / 낭송시 다수 선정
· 2016년 특별 초대 시인 시화전 선정
· 2017 명인명시 특선시인선 선정

가을밤과 비 / 권태인

시곗바늘이 자정을 넘기도록
흐르는 가을밤의 비는
아픔이 삭기도 전에
사랑이 떠난 언저리 맴돌며
고독보다 지독한 외로움으로
가슴을 파고드는데

술잔 비우듯 외로움을 삼키며
떠난 사랑 되새기고
담배 연기 내뱉듯
가을밤의 비를 원망할 바에야
차라리 사랑이 떠나지 못하게
잡아두었어야만 했다.

가을날의 눈물 / 권태인

누가 시키지 않았는데
가을이 찾아오면
늘 그랬던 것처럼
차가워지는 가슴과
슬픔이 들어찬 마음으로
아파해야만 했다.

차가운 겨울이 오기까지
이리저리 뒹굴다가
자동차 바퀴에 깔리고
발길에 차이면서도
모질게 견뎌온 나뭇잎이
안타까워서는 아닐 텐데

말 못할 그 무엇 때문에
주인 잃은 벤치 주위를
물들이는 단풍 사이로
걸어오는 가을을 만나면
얼굴을 하늘에 묻고
미친 듯 울어야 했나.

가을이 하늘로 흐르면 / 권태인

스쳐 가듯 바람이 떠나고
파란 하늘이 가슴에 내려앉으면
계절의 끝으로 향하는 가을이 왔는데

아마도 바람이 길 나서며
하늘로부터 데려온 가을을 남겨서
못한 말을 대신 하려 했는지도 모르겠다.

전해달라 부탁하지 못한
'아직 사랑하고 있다.' 그 한 마디는
하늘을 맴돌 뿐 떠나지 못하고 있지만

가을이 다시 하늘로 흐르면
떠나는 흰 구름에 부탁해서라도
꼭 해야 할 말은 '보고 싶다.'라는 것이다.

권태인 시인

편지 / 권태인

밤안개로 피어나는 가을비가
은행잎 물들이니
가슴 샛노랗게 떨리는 그리움에
모두 잠든 밤 혼자 잠 못 이루고

소중하게 간직해 온 지난날
들추어 보았다가
아득한 그리움에 편지를 썼지만
차마 그대에게 보내지 못했네.

금강산 / 권태인

신의 정기 받아
대륙의 동쪽 끝
반도의 허리에 자리 잡으니
변화무쌍한 그 모습은,
꽃과 신록 금강산
우거진 녹음 봉래산
불타는 단풍 풍악산
기암괴석 개골산이라.

하얀 물줄기는
포효하며 절벽을 내달리고
초록의 맑은 젖줄은
생명을 부여하기 위해
고고히 세상으로 흘러가는데
하늘을 찌를 듯 치솟은
당당한 위풍 기암괴석에
세상 만물 머리 조아리네.

풍악으로 이름 바꾸고
세상 빨아들일 신비로움으로
가을을 불러들여
천만 가지 초목 옷 갈아 입힌
눈 떼지 못할 비경에
구름은 발길 세우고
시간이 멈추어 숨 고르니,
하늘마저 부러워하는 금강이라네.

권태인 시인

여심 / 권태인

바람 소리에
임 오셨나 하여
반가운 마음에
달려나갔지만

임은 없고
별빛만 무성하여
억장 무너지는
여심이여

코스모스 / 권태인

하늘을 닮아가는
가을이 익어갈 무렵
사랑이 영글면

파란의 가을의 손끝에서
사랑 송이가 피어나
가슴을 물들인다.

하얀 마음으로
분홍빛 떨림으로
주체못할 빨강으로

숨겼던 순정을
고스란히 토하고서야
사랑을 말한다.

권태인 시인

슬픈 여정 / 권태인

하늘로부터 내려와
창을 흐르는 눈물이 되었다가
나뭇가지 끝을 돌아서
마음에 들어온 가을은 늘 아파야 했다.

하늘과 구름 부끄러운
나뭇잎들이 내뿜는 향으로
마음에 가을을 묻히지만
가슴은 비워두어야 할 이유가 있었다.

창에 흐르는 세월이
흐느끼는 사연이 되더라도,
나뭇잎의 하소연은 항상
대답 없는 미련 덩어리로 남더라도

살아 숨 쉬는 동안
몰려나오는 입김, 그 온기로
계절을 멈추게 할 수 없듯
준비된 여정은 처음처럼 슬플 뿐이었다.

제목 : 슬픈 여정
시낭송 : 박영애
스마트폰으로 QR 코드를 스캔하면
시낭송을 감상할 수 있습니다.

가을이 내게 / 권태인

나뭇가지에
가을이 익어가면
얼떨결에 사랑에 빠져
넋을 놓고
마음마저 빼앗겨버린 내게
가을이 묻습니다.

이래도 사랑하지 않을래?

잊을 수 없는
얼굴을 그려놓은
흰 구름에 사로잡혀
눈을 감고
하늘에 뛰어들고 만 내게
가을이 묻습니다.

사랑이 무엇인지 알겠지?

도래솔은 말이 없네(순 우리말 시) / 권태인

이울어가는 사시랑이 몸으로
우리 꼬두람이 잘 되게 해 달라
가없이 빌고 또 빌며 사로자던 어머니

어느 봄, 하얀 꽃내 날리던 날
꽃보라 맞으며 흰여울 건너서
아버지 곁 한 송이 꽃으로 잠드셨네.

내남없이 사랑을 말하지만, 그보다 깊어
별글로도 다 말하지 못할 다솜이여.

애옥살이에 너널 하나 없어도,
매나니로 주린 배를 달래면서도
덜퍽진 밥은 꼬두람이 몫이라던 어머니

잊어서 안 될 흐노니 깊어갈수록
애면글면하던 얼굴 잊힐까 저어하여
잔달음으로 늘솔길 지나 찾아왔지만

해찬솔은 사랑 노래 멈추었고
흰 추위 이겨온 도래솔은 말이 없네.

시인 **김강좌** 편

♪ 시낭송 QR 코드
제 목 : 비 오는 날의 하루
시낭송 : 박태임

시작노트

찰나에
스쳐 가는 덧없는 시간 속에
어머니 품 같은 사계는
어김없이 찾아와 메마른 들녘을
향기로 덧칠하니

풍경 같은
그 길에 잃어버린 느림을 찾아
금빛살 가득한
하루를 내어 주고
만삭의 그리움을 선물로 받는다.

-가을 길에서-

김강좌 시집
"하늘, 꽃, 바다"

김강좌 시인

보랏빛 첫사랑 / 김강좌

갈바람
타고 오는 향기로운 그 길엔
토박이처럼 자라 난
그리움이 있을까

벌 나비
춤사위에 풀꽃은 하냥 깨어나고
끝없이 펼쳐지는
몽롱한 밀어로

목마른
설레임을 가슴속 화선지에
풍경처럼 새기며
계절을 기다린다

보랏빛
꽃잎을 햇살에 내어주고
새벽 젖은 풀숲에서
영롱한 이슬 안고

보랏빛
첫사랑을 톡 톡 터트린다

가을 여백 / 김강좌

억새의
마른 향기가 나는 그 숲길에서
준비 없는 이별이 허수아비 가슴에
슬프게 젖어들고

파르르
떨리는 가슴 들킬까 봐
먼 산을 우러르는
눈물인지 빗물인지 하염없는
아침 길

사립문
비집은 초록 덩굴 가득히
첫사랑 앓이처럼
붉게 타는 꽃빛은 저리도
눈부실까

가지런한
몸짓에 애잔한
숨결로 겹겹이 채워지는
달빛의 허허로움을
하얗게 사른다

그렇게
한 점의 그리움마저도.

김강좌 시인

단풍놀이 / 김강좌

고요한
새벽길에 바람만 호젓한데
이슬 깬
푸른 잎새
까치발 곤두서서

시월의 금빛살 품고
꽃단장이 바쁘다

수줍은
속살 열고 색색이 수놓으며
숨 가쁜
홍안으로
임 마중 서성이고

어스름
달빛 비추니 슬프도록 붉어라

풀꽃 사랑 / 김강좌

하얗게
부서지는
이른 새벽 고요는
감미로운
새소리에 아침을 기다리고
한 뼘 남짓 쉼터에
벙글어지는 풀꽃이
초록빛
바람에 이슬을 털어낸다

하느적
꽃망울이
섬세한 호흡으로
끈끈한 생명을 잉태하는 푸름은
수줍은 눈맞춤에
저만치 쏟아지는
별꽃을
머리이고 숲에서 농익는다

김강좌 시인

숲속 이야기 / 김강좌

금빛살 한 줌
비추면 늦은 잠 기지개로
또르르 이슬 맺힌 연둣빛 간지럼에
한참 들여다봐야 들리는

낮은 속삭임까지

초록을
살찌우고 익히는 건
오랜 기다림의 매듭이 풀리고
나비 날개 펴는 그 순간부터
숲의 언어는 시작됐다

이런 날이 서면

들국화
한 무더기 질끈 묶어 안고
푸르게 익어가는 오솔길을 걷다가
찰나도 멈춤 없는 들꽃이 되고 싶다

이슬꽃 / 김강좌

톡

새벽녘
풀숲의 알알이 이슬꽃
참 곱기도 하다

날마다
같은 듯 다르게 만나지는
바람에 기대어서 꽉 찬
그리움으로 가을 숲을 마신다

조금
더디게 나온 아침 햇살의
애잔한 눈빛이 빈 뜨락을 채우며
가쁜 호흡으로 다가서니

쉿

눈맞춤이
수줍어 풀숲에 누운 이슬꽃
따스한 빛살에
그림자로 눕는다

김강좌 시인

가을 능소화 / 김강좌

숨 가쁜
호흡으로 마주하는 아픔이
기억 저편 어디께 공허처럼 맴돌고

길어진
그리움을 여적도 놓지 못해
계절의 끝을 잡고 까만 밤 지새운다

그 날 이후

한 움큼의
슬픔이 이리도 길어질 줄
여름이 가기 전엔 미처 몰랐었던 게야

바람은
자꾸만 그림자를 흔들어대니
비처럼 쏟아지는
텅 빈 꽃망울의 애잔함을 어쩌누.

부추꽃 / 김강좌

한 줌
바람 속에서 슬그머니 벙글은
작은 숨 가쁨이
유혹의 나비춤에 입맞춤이 바쁘고

홀홀이
깨어난 꽃송이 송이마다
그리움을 엮어서
또르르 구슬꽃을 곱게 빚었으니

사랑이
메마른 하얀 비탈길에
그림자 지워내고
풀숲의 이슬처럼 찬연하게 빛난다

그 밤
홀씨 하나 꿈처럼 날아간다

김강좌 시인

억새의 노래 / 김강좌

달궈진
땡볕을
올곧게 지켜내고
서툰 그리움이 훌쩍 자랐나 보다

꽃잎 진
자리에
금빛살 가득 품어
수줍은 듯 찰랑이는 억새의 열정

칼칼한
바람 앞에 신비로운 숨결은
하얀 깃털 세우고 스스로를 흔드는

텅 빈 들녘에
꽉 찬 호흡이 분주하다

비 오는 날의 하루 / 김강좌

비 오는
날이면 빗방울 소리에
나뭇잎 깨어나는 초록 숲으로 가자

방울방울 찹찹하게
숲길을 적시고 솔바람 일으키니
마주하는 숨결이 달짝지근하다

초르르
흘러내려 동그라미 그리는
알싸한 음률에 잎새들도 신났다

한나절
늦은 걸음 낡은 버스 정류장에
노을빛 추억을 풍경처럼 걸어놓고

잠시라도
시간이 거꾸로 흐르는
비 오는 날의 오후 속에 나를 놓아두자

하루쯤
그렇게 시간이 더디 가게 하자

제목 : 비 오는 날의 하루
시낭송 : 박태임
스마트폰으로 QR 코드를 스캔하면
시낭송을 감상할 수 있습니다.

시인 **김기월** 편

♣ **목차**

🎵 **시낭송 QR 코드**

제　목 : 그 남자의 가슴엔 우렁각시가 산다.
시낭송 : 최명자

프로필

· 2015년 6월 대한문학세계 시 부문 등단
· (사)창작문학예술인협의회 정회원
· 대한문인협회 서울인천지회 정회원

· 2016년 4월 2주 좋은 시 선정 / 노인
· 2016년 8월 3주 금주의 시 선정 / 냉 만둣국
· 2016년 8월 현대 시 백 주년 기념행사 시화전 선정
· 2017년 현대시를 대표하는 "명인명시 특선시인선" 선정
· 2016년 대한문인협회 시 낭송가 5기 수료
· 2016년 9월 경기도 양평역 역사내 시 "양평역" 시화 게시

가을 / 김기월

여름 햇볕 애타게 구애하더니
황금 들녘에 산실을 꾸미고
만삭의 몸을 풀었다.

김기월 시인

그 남자의 가슴엔 우렁각시가 산다. / 김기월

메마른 가슴엔 잡초가 자라고
논바닥처럼 쩍쩍 갈라진 마른 가슴이
아프게 헤집고 나와 쓴웃음을 짓습니다.

언제부터인가 빈 가슴에
우렁각시 하나 살게 해달라는
하늘에 바라는 소원

허허로운 마음에
물컹물컹한 사연들이 가을 햇살에
한 줄기 빛으로 여물어 달립니다.

그 남자의 가슴에 우렁각시는
상념의 바다 깊이 찾아들어
아름드리 예쁜 방을 만들었습니다

헛헛한 가슴에
단물 같은 사랑 비가 내리고
그 남자의 가슴엔 우렁각시가 삽니다.

제목 : 그 남자의 가슴엔
　　　　우렁각시가 산다.
시낭송 : 최명자
스마트폰으로 QR 코드를 스캔하면
시낭송을 감상할 수 있습니다.

냉 만둣국 / 김기월

8월의 여름을 먹으러
냉면집에 갔다
소고기 푹 고아 만든 냉면 육수 위에
얼음 동동 띄운 시원한 물냉면

냉면 국수 가락은 어디로 가고
동그랗게 달덩이 같은
냉 만두가 얼음 육수 위에
얼굴을 내밀고 있다

겨자 친 새콤달콤함으로
냉만두 국물에 풍덩 빠져
여름을 마신다.

동강 할미꽃 / 김기월

하늘 향해 매혹적인 꽃술 활짝 열어
수줍은 미소 짓는 할미꽃
구름 살짝 걸어 놓고 바람도 숨을 멈춘다.

반짝이는 은빛 햇살 물 위에 잔잔히 어리면
새색시 마냥 고개 옆으로 떨구고
바람 이 살랑살랑 꽃잎에 입맞춤하면
첫 키스 짜릿함으로 입술 다문 할미꽃

구름 사이 절벽 틈에 살포시 고개 내민 너는
그리움을 부르는 애절한 아라리
동강의 보랏빛 수호신으로 피었구나.

초승달 / 김기월

그렇게 보았습니다.
밤이 유유히 흐르는 때에
서쪽 하늘에 숨어 있는 너를

달이랄 것도 없는
숨어 곱게 피는
달무리 진 틈 사이 너를

누군가 이렇게 말합니다.
여인의 나방 모양 눈썹 같은 너는
아미 초승달 이란 이름을 가졌다고

어스름달 물이진 밤 하늘가
누군가 볼 새라
숨어 핀 초승달 하나가
가던 나를 멈추게 합니다

석양의 꼬리를 잡고 이별이 아쉬운
소복 입은 여인의 흰 버선코 모양
슬픈 모습의 너를 보고

첫눈에 반해
두고두고 보고 싶어
살며시 가슴에 담아 왔습니다.

김기월 시인

바람도 잠이 든 시간 / 김기월

해 그름 때에
미루나무 사이로 해가 걸리고

바람도 잠이 든 시간
노을이 머물다 가네.

은빛 금빛 강물에
누치가 하늘로 솟구쳐 오르고

바람이 노닐던 자리
님의 꽃 같은 향기 전하니

고운 그대 미소
바람을 깨운다.

하얀 눈물꽃 / 김기월

매화 꽃송이만큼 눈물 되어 터져 오릅니다.
겹겹이 무장되었던 눈물 둑이 무너져 내리고
서러움의 눈물이 흐릅니다.

당신의 하얀 속살처럼 뽀오얀 솜구름이
그리움으로 달려올 줄 몰랐습니다.

눈꽃인지 눈물꽃인지 애달픔으로 흩날리고
당신이 두고 간 자리가 못이 되어
그리움의 벚꽃 언덕을 오릅니다.

삭제하지 못한 전화기 속에
당신의 목소리가 듣고 싶은데
손잡고 걷는 모녀의 뒷모습에 통곡합니다.

저세상 끝에서 흐르는 눈물
하얀 눈물꽃으로 내게 오셨나요.
당신이 보고 싶습니다

김기월 시인

자화상 / 김기월

햇살이
노크해
돌아보니

문득
너의 눈과 마주쳤지

햇살 머금은
슬픈 눈망울

꽃바람에
흔들리는
바로 나였지.

당신이라서 좋은 겁니다. / 김기월

당신이라서 좋은 겁니다.
바로 당신이라서
내 마음 가져간 당신이니까요

말없이 건네주는 눈빛
하늘 위로 울려 퍼지는 웃음소리
한 줌 햇살 같은 따뜻한 당신이 좋습니다.

가을을 약속했었죠
함께 보자고 약속했던 가을이
이리 더디게 오고 있네요

선물처럼 온 당신이 좋아서
빨간 단풍처럼 물들이며
가을을 기다립니다.

아니 당신을 기다립니다
온전히 그 맘 다 내게 오기를
가을처럼 사랑 가득 물들이며 오기를

다른 사람 아닌 바로 당신이라서
내 맘 가득 들어와 사랑이 된
당신이라서 좋은 겁니다.

양평역 / 김기월

기차는
마음을 싣고
푸른 하늘을 가르며

들판을 가로질러
풀꽃 향기 가득한
양평의 품속으로 달려갑니다.

연밭에 피어난 향기 설렘으로 다가오고
널따란 들판 위 자전거는 신바람을 냅니다.

하늘과 강물이 친구 되고
남한강과 북한강이 흐르다 만나는 곳

산모퉁이 돌아
이름 모를 꽃들에게
싱그런 산들바람으로
다가와 인사를 하면

목 길게 빼고 그리움이 마중 나오는
양평역으로 기차는 바람처럼 달려갑니다.

김동환 시인

산너머 남촌에는 / 김동환

산 너머 남촌에는 누가 살길래
해마다 봄바람이 남으로 오네
꽃 피는 사월이면 진달래 향기
밀 익는 오월이면 보리 내음새
어느 것 한 가진들 실어 안 오리
남촌서 남풍 불 제 나는 좋데나

산 너머 남촌에는 누가 살길래
저 하늘 저 빛깔이 저리 고울까?
금잔디 넓은 벌엔 호랑나비 떼
버들밭 실개천엔 종달새 노래
어느 것 한 가진들 들려 안 오리
남촌서 남풍 불 제 나는 좋데나

산 너머 남촌에는 배나무 있고
배나무 꽃 아래엔 누가 섰다기
그리운 생각에 영에 오르니
구름에 가리어 아니 보이네
끊였다 이어 오는 가느단 노래
바람을 타고서 고이 들리네

김락호 시인

천 년의 기다림 / 김락호

나는
한지의 이름으로 숨을 쉬어야 하는 종이이면서,
땅에서 솟아오른 천 년의 그리움이다.

바람 부는 길가에 서서 세상을 노래하다가
이제 더 이상 나무이고 싶지 않아,
사람의 숨결 속으로 파고들었다.

나는, 어떤 이에게는 가슴에 매달린 꽃이 되었다가
어떤 이에게는 고향을 기억하는 인형이 되었다.
마주 앉은 부부의 사랑 터가 되었다가
우아한 기품을 품고는 문설주에 친구도 되었다.

백번을 두드려 천 번을 씻어 내린 모습을 하고
한 땀 한 땀 바늘이 지나간 자리엔 천사의 날개가 내렸다.
절망의 고독 속에서도 변치 않은 아름다움을 품고
세상을 향해 던지는 미소에 수수함도 담았다.

또 한 번 세상은 영혼을 위한 잔치를 준비하고,
밝은 것 어두운 것도 없고 거친 것 무른 것도 없는
세상에 단 하나,
오로지 천 년을 살아갈 수 있는 모습으로 나는 비상을 꿈꾼다.

천상의 생명이 가슴에 내려앉는 날.
거친 닥나무 결에 숨어서 기다린 갈빛 세월을
신비로운 탄성의 미학으로 승화시키며, 나는 춤춘다.
당당한 옛스러움을 안고 찬란한 하늘을 날아오른다.

제목 : 천 년의 기다림
시낭송 : 김락호
스마트폰으로 QR 코드를 스캔하면
시낭송을 감상할 수 있습니다.

시인 **김명시** 편

♣ 목차
1. 봄바람
2. 연꽃처럼
3. 저 여인은 누구신가
4. 산과 강
5. 비 오면 서 있는 채로
6. 기도
7. 내 마음의 꽃
8. 가을 남자
9. 세월
10. 불암산행

  ♪ 시낭송 QR 코드

제　목 : 연꽃처럼
시낭송 : 박순애

시작노트

시집을 출간하는 일이 문인에게 특별한 의미와 자긍심을 주지만
창작문학 활동을 함께하는 유명 시인들의 시와 공동 집필되어
"명인명시 특선시인선"으로 독자들께 소개되는 것은
다양한 느낌을 제공하고 문인들과 교감을 이룰 수 있어 더욱 뜻깊다

독주곡을 듣는 느낌과 다른 웅장한 오케스트라 협연과도 같은
"명인명시 특선시인선" 시집을 서재 가까이 두고 보면서
시와 함께 살고 싶다.

김명시 시인

봄바람 / 김명시

꽃피는 봄 동산
거닐며 오르다가

개나리도 한 모금
철쭉꽃도 한 아름
진달래랑 달래 보고

임의 얼굴
살짝이 훔쳐볼 때면

화사한 꽃 무리 속
가슴은 살랑이고

옹달샘 물보라 흩날리며
무지개 꽃 피어나네

연꽃처럼 / 김명시

생각과 마음이 연꽃처럼
정화되어야 상생의 길에 드는데
세상이 연꽃처럼 순화되지 않아서 그런지
이쁘고 고운 상생의 꽃을
잘 피워내지 못하는 듯합니다.

구정물과 진흙탕 속에서도
하얗고 이쁜 꽃을
곧잘 피워 내기도 하건만
사람은 또 다른가 봅니다.

열 길 물속은 알아도
사람 생각은 모른다고 하고
알다가도 모른다는 게 사람의 마음이라지만
사람의 생각과 마음도 깨끗해지고 잘 자라서
고운 연꽃처럼 하얗고
이쁜 꽃과 같았으면 좋겠습니다.
정말 그랬으면 좋겠습니다.

제목 : 연꽃처럼
시낭송 : 박순애
스마트폰으로 QR 코드를 스캔하면
시낭송을 감상할 수 있습니다.

김명시 시인

저 여인은 누구신가 / 김명시

하나둘 스러져 가는
어두운 밤 속

가녀린 두 손 모아
홀로 서 있는

저 여인은
누구신가

피에타 상처가
2천 년 지나도록 아물지 않은 듯

찢긴 시신을 품에 안고
고통으로 얼룩진 애절한 여인이여

으스름 별빛 아래
까만 밤 성당 뜰 가운데 선
두 손 모은 간절한 손끝에는
눈물 맺힌 묵주 알이 걸렸네

세상이 알 수 없는 평화를
싸늘한 아들 시신과
울먹이는 가슴으로 맞바꾼 고독한 여인이여

역사도 잊으셨나
오늘 밤은
발자취 잃은 양들에게
귀향길 여정의 불기둥이라도 되듯

늦도록 돌아오지 않는 탕아
기다리는 모정

올레 모퉁이 끝자락
흐릿한 눈빛으로 어른거리네

산과 강 / 김명시

산처럼 푸르고
강처럼 유유하게

맑고 깨끗하게
산소처럼 살면서

생명 키워 가는 산행길
한숨 쉬어 가는 곳에는

사랑이 깃들고
평화 가득해서

오늘 설렘 지나고
내일이 오면

요산요수라도
즐겨 볼까 합니다

김명시 시인

비 오면 서 있는 채로 / 김명시

비 오면 서 있는 채로
나 그대를 맞이하려 해요

오랫동안 그리움에 물들었던
얼룩진 마음에

그대
세찬 비가

오로지
나만을

이 내 텅 빈 가슴을 사랑하는 오롯한 마음으로
흠뻑 쏟아 주신다면

나
임을 향한 그리운 마음을 가득 담아
임 오시는 하늘을 향해
마냥 머물겠어요

우산을 받쳐 들 마음도 잊었어요

그대
나를 흠뻑 적시는 세찬 물줄기에 녹아
망 비석이 되어
그대 그리움의 화신이라도 되리라면

그대 나의 임은
빗속의 사랑으로
영원히 잊히지 않는
신화 속의 연인이 될 테니까요

기도 / 김명시

가을엔 임께 들어 기도하게 하소서

그동안 잊고 살아온 흐트러진 일들을 헤아리고
길가에 떨구어진 낙엽들을 벗하며

자신을 태우는 연기 되어
희생 제물을 바쳐드리게 하소서

드높은 하늘을 그리는 잔잔한 희망에
따스한 불길이라도 연기에 실려 그리움을 마주하노라면
잊힌 아쉬운 일들이
위로의 메아리 되어 평온을 되찾으오리니

임이시여!

이 가을에

붉은빛
누렁 빛
춤추고 온몸을 사르는
황엽 주실의 아름다움의 벗들과

임을 향한 본향의 길에 들어
가을엔 기도하게 하소서

김명시 시인

내 마음의 꽃 / 김명시

진흙탕 속 구정물 걸러 마시고
아름답게 피워내는 연꽃은
내가 커가야 하는 하얀 마음

유리처럼 맑고 투명한 정화수를 머금고
깨끗한 맘 속에서 붉게 피워내는 장미꽃은
효심이 커가야 하는 붉은 마음

하얀 마음 내 속에서 자라고
붉은 마음 너 안에서 커가네

가을 남자 / 김명시

남자가 분위기 타면
노을빛이
여자의 입술처럼
촉촉해진다고 해요

감성적 기분에 젖어
노을이 지는
한적한 벤치에 앉으니

지난날 야생마처럼 내달렸던 말발굽 소리가
아련히 들리기도 하고

세차게 내리치던 말채찍에
머리를 솟구쳐 울부짖던 소리가
아픔에 신음하는 소리로 굴곡져 들릴 때면

거칠던 소리 그림자에 잠기고
싸늘했던 채찍질이
소녀의 빗질처럼 길어지고
부드러워진다고 해요

매운 고추장 톡 쏘는 맛도
구수한 된장 맛에 익숙해져
누런 벼잎 낟알처럼 고개를 숙이고

여인의 앙칼진 소리도
석양을 등진 기러기 울음 같아서

아련한 추억의 연가 속에
가을 남자의 가슴을 노을빛으로 물들인다고 해요

김명시 시인

세월 / 김명시

동네 어귀 냇물에서
미역 감고
물장구칠 적엔

생각이 온통 놀이에 묻혀
고민거리라고는 없더라니

무슨 사연 있길래
끝도 알 수 없는 번민이
스며들어

어린 시절 단순했던 마음에
하나둘 시름이 쌓여만 가니

한낮의 물장구 대신
어두운 밤 모닥불 가에 마주 앉아
시린 손 잡아 주는

옛날의 추억을 떠올리며
그리운 날 그려 보는
너와 나

세월 유수
인생무상이 느껴지네

중년의 능선을 돌아드는
나그네로구려

불암산행 / 김명시

수도 한양의 남산이 되고 싶어
금강산 멧부리 떨쳐 나왔으나
거처할 자리 없어 되돌아선 불암산

으뜸이 되고 싶은 세상 욕망에
머무를 곳도 헤아림 없이
수려 금강을 박차고 내달려 보는
어수룩하고 몽매함을 돌아보게 한 불암산

세상에 나가 부처가 되라 지만
흔들리는 마음 다잡을 수 없어
천 년 바위라도 되어 불심을 지켜보리니

산을 오르는 한걸음 걸음마다
8 정도 덕행에 무궁 정진이로라

비 갠 청명한 봄볕 아래
계곡을 따라 흐르는 물에
욕망의 때를 씻고

불암에 기대어
청정의 도에 이르러라

🎵 **시낭송 QR 코드**

제 목 : 뜨겁게 포옹한 그녀
시낭송 : 박영애

시작노트

- 청주대학 상과 졸업
- 동 대학 대학원 수료
- 일본 중앙 협동조합 경영 전과정 수료
- 충청신용협동조합 이사장 역임
- 국무총리상 수상
- 대한민국 문화예술 공로대상

- 백제문학 시 등단
- 대한문인협회 시 등단
- 대한문인협회 수필 등단

- (현)매헌 윤봉길의사 문학상 운영위원 회장
- (현) 부동산 개발업 종사

- 백제 문인협회 정회원
- 대한문인협회 정회원
- 한국문인협회 정회원

〈공저〉
- "시와빛 동인지 1,2,3,호"
- "백제문학 2,3,4,5,6,7,8호"
- 현대시를 대표하는
        "명인명시 특선시인선"
- "움터 영상문학 7호 영상시집" 등 다수

토왕성 폭포의 신비 / 김상화

베일에 싸였다
세상으로 나와 빛을 보는
토왕성 폭포여
나 너를 보는 순간
숨이 멎는지 알았다

태고의 전설을 간직하고 태어난
너는
절벽으로 고귀한
눈물을 흘리는구나

아름다운 네 이름
토왕성 폭포라 했다
물보라 일으키며 토해내는
보석 같은 눈물
찬란한 너의 모습이구나!

너의 아름다운 몸매
얼마나 신비로운지
그래서 사십 년이란
긴 세월 동안
숨겨 두었었나 보다

김상화 시인

가을비의 향기 / 김상화

해님 내려오지 못하도록
푸른 하늘 재색 보자기로 가렸다

가을비 조용히 내려오며
방긋 웃는 웃음
향기롭기도 하구나

봄, 여름엔
산과 들 파랗게 물들여
시원한 정원 만들었고

오늘은
나뭇잎 목욕시켜 고운 단풍 만들려고
단숨에 달려왔구나

잎에 내려앉은 고달팠던 세월의 앙금
하늘이 준 귀한 물로
공주처럼 예쁘게 씻어내고

나뭇잎 곱게 물들면
모든 근심 걱정
시기와 질투 못된 유언비어
너의 향기로 씻어주려무나

세상의 삐뚤어진 마음
가장 고운 단풍잎 닮아보라고
예쁜 웃음으로 포장해가거라

그녀의 아름다운 웃음 / 김상화

천사를 닮은 그녀의 웃음
어찌 그리도 아름다울까?

이슬만 먹고 피어난
신선한 백합꽃인가 했는데
방긋 웃을 땐 갓 피어난
장미꽃보다 더 아름답구나

곱게 피어오른
웃음꽃 사이로 보이는
행복의 꽃
어찌 장미꽃에 비교하리오

하늘에서 내려준
보석 같은 웃음
그녀만이 가진 아름다움
어디에 비교할 곳 없구나!

내면으로부터 솟아난
순수한 마음의 꽃
절묘하게 조화를 이룬
미의 상징으로 되었구나

그녀의 얼굴에 활짝 핀 웃음꽃
세상에서
가장 아름다운 미녀 꽃이라 할까?

김상화 시인

나팔꽃의 미소 / 김상화

석촌호수 둘레길
한 모퉁이엔
갓 피어난 나팔꽃
수줍게 미소 지으며
나를 보고 반갑게 반색한다

분홍치마 예쁘게 갈아입고
빙그레 웃는 네가
어찌나 아름답던지
한참 동안 넋을 잃고 보았다.

찬란한 햇빛 머금고
향기롭게 웃음 짓는 너
아침부터 고운 향기
바람에 실어
모든 사람에게 나르는구나!

오늘 아침
천진난만한 아름다움이
너의 순수한 얼굴에서
세상을 향해 쏟아져 나온다.

보라색과 분홍색으로 조화를 이룬
가냘프면서 야들야들한 네가
한눈에 들어와 나는
너를 보는 순간 반하고 말았다

웃음엔 행복이 / 김상화

당신의
빙그레 웃는 모습 아름다워라
천사 닮은 당신의 양 볼엔
황홀한 웃음꽃 활짝 피었다

밝고 빛나는 당신의 얼굴
아무것도 부러울 게 없다는
행복의 등불을 얼굴에 밝혔네

사랑과 행복이란 세계를
살짝 미소 짓는
당신의 얼굴에서 배워갑니다

김상화 시인

겨울에 핀 한 송이 수달래꽃 / 김상화

눈보라 치는
삭막한 겨울은 아니지만
찬바람이 몸을 파고드는
추운 겨울의 한복판에 서 있다

그녀의 백옥 같은 얼굴엔
해맑은 웃음꽃이 환하게 피었고
무엇이 그리도 좋은지
싱글벙글 웃는 입가엔
곱고 아름다움이 배어 나온다

말 한 마디 한 마디에서
튀어나오는 유머 감각
왜 이리도 예쁘고 아름다울까!

재미있는 말을 해놓고
천진난만하게 웃는 모습은
젖먹이가 엄마를 바라보고 웃는
세상에서 제일 아름다운 웃음 같다

추운 겨울
아름 목에 화롯불 같은
그녀의 밝은 웃음
어디에 비교해야 할까?
거기 맞는
아름다운 수식어를 찾지 못하겠구나

그녀의
아름다운 모습은 귀태가 나고
말속엔 향기가 흐른다
수줍은 모습은 깊은 산 속의
다소 곳이 핀 수달래꽃이라 할까?

오월엔 / 김상화

꿈속에서 피어난 오월
여름의 시작을 알리네
싱그러움 한 아름 안고
오늘 아침 살짝이
미소 지으며 도착했네

뜰에 녹아내린 눈부신 황금 햇살
자연의 신비로움 선물 주러
방실방실 웃으며 오셨네

오월의 정기 받아
임 가정에 건강과 행복
사랑과 웃음 재물 가득한
가정의 달 되라고
두 손 모아 축원하네!

김상화 시인

자연 그대로의 그녀 / 김상화

꾸밈없는 순수한 자태
자연 그대로의 모습
바라만 보아도 아름답구나

이른 아침
꽃잎에 살짝 내려앉은
영롱한 보석 같은 이슬이라 할까?

소나기가 내리다 그친 후
신선하게 떠오른
태양보다 아름다워라

옛날 옛적부터 사랑만 먹고 자란
밤하늘에 반짝이는 별처럼
멀고도 가까운 그녀

티 하나 없는
맑은 영혼을 간직한 활짝 핀 웃음꽃
그녀만의 자랑스러운 보물이라네

뜨겁게 포옹한 그녀 / 김상화

어젯밤엔
뜨거운 사랑으로 첫날밤 치르듯
열대야와 땀 뻘뻘 흘리며
포옹하느라 잠 못 이뤘다오

호흡하기조차 힘든 밤
덥다고 신음해도
내가 그렇게도 좋은지
떨어질 줄 모르고 파고든다

미워한들 무엇 하랴
가라한들 소용없는 그녀
오늘 밤도 엎치락뒤치락 달래며
이젠 사랑할 수밖에 없구나!

제목 : 뜨겁게 포옹한 그녀
시낭송 : 박영애
스마트폰으로 QR 코드를 스캔하면
시낭송을 감상할 수 있습니다.

에메랄드 캠퍼스엔 / 김상화

파란 하늘에 떠 있는
흰 구름 한 점
한 폭의 예쁜 그림이라네

끝없이 펼쳐진 에메랄드 캠퍼스
그 아래 네가 놀고 있구나

서쪽 하늘로 나는
금실 좋은 비둘기 한 쌍
지금쯤 사랑 이야기 나누고 있겠지?

비가 개더니
맑은 햇살 쏟아져 내리고
광활한 파란 캠퍼스에
너희가 어우러져 아름답구나!

시인 **김선목** 편

♣ 목차

🎵 시낭송 QR 코드

제 목 : 천사를 사랑한 천치
시낭송 : 최명자

프로필

· 경기도 화성 출생
· 호는 海山
· 2015년 대한문학세계 시 부문 등단
· 2015년 (사)창작문학예술인협의회 정회원
· 2016년 대한문인협회 경기지회 지회장

〈수상〉
· 2015년
 대한문학세계 시 부문 신인 문학상
 순우리말 글짓기 전국 공모전 은상
 한국 문학 발전상 수상
 2016 현대시를 대표하는
  "명인명시 특선시인선" 선정
 한 줄 시 짓기 전국 공모전 금상

· 2016년
 순우리말 글짓기 전국 공모전 금상
 2017 현대시를 대표하는
  "명인명시 특선시인선" 선정

〈공저〉
· 현대시를 대표하는
 〈명인명시 특선시인선〉 2015~2016
· 문학이 흐르는 여울목 〈움터〉
· 경기지회 동인지 창간호 〈햇살 드는 창〉

〈가곡작시〉
· 동행 / 그리운 어머니
· 그대가 있어 행복 합니다

김선목 시인

으뜸 사랑 / 김선목

모르는 사람이 만남은 하늘의 뜻입니다
아버지와 어머니의 만남이 내림하여
아내와 나의 만남이 내림내림 합니다
어버이에게 아이들은 샛별이며
해와 달과 별의 만남은 거룩함입니다

아내와 나의 내림 샛별을 품어 살면서
하늘의 뜻을 먼빛 보듯 하다가
안갚음 하려 하니
마음눈 곱다시 베풀어 주신 사랑이
하늘 같아서 바라볼수록 거늑할 따름입니다

이젠 파뿌리 된 머리 매만지며
눈과 귀가 어두워지고
주름 골 합죽한 얼굴엔
검버섯만 늘어가는 어버이여
젊은 날의 꿈과
젊은 날의 사랑으로 살아온 날들처럼
아리따운 모습으로 곱살스럽게
오래오래 살면서 안받음 받으소서

언젠가 값진 눈물을 흘려야 한다면
한 줄기는 내 어머니이기 때문에
한 줄기는 내 아버지이기 때문에
여의며 흘려야 할 두 줄기 눈물일 것입니다

사랑 가운데 으뜸인 어버이의 사랑과
하늘의 뜻으로 어버이 만남을 기꺼이 여기며
저 하늘 끝에서 다시 태어나도
내 어버이 사랑의 씨앗으로 태어나
맏잡이가 되렵니다.

천사를 사랑한 천치 / 김선목

한 총각 곁에 한 처녀가 있었지
한 아빠와 한 엄마 곁에는
딸 둘이 방긋방긋 웃고 산다오

한 사내와 함께 사는 한 여인이
우는지 잘은 모르겠지만
두 딸이 싱글벙글 웃고 살아요

바보처럼 순수하게 웃는 여인아
그대가 진정 천사 중의 천사요
천사를 사랑하는 나는 천치라오

바보와 천치는 서로 못난이라며
바보같이 천치같이 살면서
천사와 천치는 맹추처럼 웃지요.

제목 : 천사를 사랑한 천치
시낭송 : 최명자
스마트폰으로 QR 코드를 스캔하면
시낭송을 감상할 수 있습니다.

당신의 얼굴 / 김선목

언제나 햇살 고운 자태로
아침을 짓는 당신의 뒷모습은
빛나는 머리카락 사이로
하루를 맞이하는 행복입니다

그 자리 지킴이 힘들어서
한 번쯤 투덜거리련만
앞치마 질끈 맨 가족사랑은
조용한 아침을 연주합니다

아침마다 주방의 주연으로
변함없는 사랑을 버무리며
쓸고 닦고 빨래한 세월은
파 뿌리 숨기는 할미 됐구려

아침이면 바라보는 뒷모습
이젠 나의 시와 노래 듣는
당신의 얼굴 마주 보며
은발을 빗겨 주고 싶습니다.

김선목 시인

그대가 있어 행복합니다. / 김선목

내 마음에 품어야 할 사람 때문에
나도 모르게 마음이 아파집니다.

혼자서 해야 할 일 너무 많아
힘겨운 내 마음을 정답게 반기는
당신의 사랑 숲에 이상의 나래 펴고
진정 웃을 수 있어 행복합니다.

내 어깨에 기대는 사람 때문에
나도 모르게 마음이 무겁습니다

혼자서 감당할 일 너무 많아
버거운 내 마음을 정겹게 감싸는
당신의 팔베개에 현실의 나래 펴고
편히 기댈 수 있어 행복합니다.

봄은 어디서 오는가! / 김선목

봄, 봄, 봄이 와요
남쪽 하늘 아래
초록빛 바닷가에서
봄바람 타고 옵니다

호, 호, 꽃이 피누나
이산 저산에서
앞뜰 뒤뜰에서
꽃향기 따라옵니다!

하, 하, 웃음꽃 피우는
팔랑대는 아가씨
치맛자락 끝에서
살짝 쿵 웃으며 옵니다

봄, 봄, 봄이 와요
나물 캐는 바구니에
이불빨래 구설수에
깔깔거리며 봄이 와요.

김선목 시인

바닷가 연정 / 김선목

수평선 저 멀리 아롱거리는
햇살 곱다랗게 떠오르는 얼굴
그리운 손짓 너울너울 춤추고

파란 가슴을 하얗게 가르며
밀려오는 사랑의 파노라마
갈매기도 끼룩끼룩 즐거워라

그대 바라보는 작은 가슴에
출렁이는 연정 잊을 수 없어
그리움 쌓이고 모래성 쌓으면

그리움 부서지는 파도 소리에
바닷가 연정 이루어지기를
갈매기도 내 맘인 듯 맴도누나.

낙엽의 꿈 / 김선목

깊어가는 가을밤에
낙엽이 이렇게 바삭거린다
그토록 사랑한 너를
이젠 떠나야 해

꽃바람에 움튼 푸른 잎
한여름 땡볕의
그늘막엔 맴맴
웬 성화였나!

꽃향기 날리는 봄날부터
마지막 잎이 질 때까지
죽도록 사랑한
너를 못 잊어……

노을이 물드는 산모퉁이
찻집의 붉은 밀어는
갈바람에 날리고
낙엽은 봄바람을 그리며
길을 떠난다.

첫사랑 / 김선목

잊지 못할 그가 온다
나 홀로 흘린 눈물
잊지 못해 눈을 맞는다

말이 없던 그가 온다
이 마음에 살며시
소리 없이 눈이 내린다

기약 없던 그가 온다
이 가슴의 흔적에
하염없이 눈이 쌓인다

보고 싶은 그가 온다
내 사랑 첫사랑
하얀 천사를 바라본다.

어느 질책 / 김선목

무궁화 꽃을 노래하는
당신은 누구 그 누구시기에
기풍 당당한 대나무 같으신가?

욕심을 버리자던 젊은 날
어느 날 갑자기 과욕 때문에
과유불급 자업자득 애처롭구나!

대나무는 하늘로 치솟고
칡넝쿨은 땅으로 뻗으며
곁가지 곁뿌리 내림 모르겠는가?

칡넝쿨에 휜 대나무 베며
휘감긴 칡넝쿨 잘라내려니
너희가 뭇 인생을 질책하누나!

김소월 시인

진달래꽃 / 김소월

나 보기가 역겨워
가실 때에는
말없이 고이 보내 드리오리다.

영변(寧邊)에 약산(藥山)
진달래꽃,
아름 따다 가실 길에 뿌리오리다.

가시는 걸음 걸음
놓인 그 꽃을
사뿐히 즈려 밟고 가시옵소서.

나 보기가 역겨워
가실 때에는
죽어도 아니 눈물 흘리오리다.

김억 시인

봄은 간다 / 김억

밤이도다
봄이다.

밤만도 애달픈데
봄만도 생각인데

날은 빠르다.
봄은 간다.

깊은 생각은 아득이는데
저 바람에 새가 슬피 운다.

검은 내 떠돈다.
종 소리 빗긴다.

말도 없는 밤의 설움
소리 없는 봄의 가슴

꽃은 떨어진다.
님은 탄식한다.

모란이 피기까지는 / 김영랑

모란이 피기까지는
나는 아직 나의 봄을 기다리고 있을 테요
모란이 뚝뚝 떨어져 버린 날
나는 비로소 봄을 여읜 설움에 잠길 테요

오월 어느 날 그 하루 무덥던 날
떨어져 누운 꽃잎마저 시들어버리고는
천지에 모란은 자취도 없어지고

뻗쳐오르던 내 보람 서운케 무너졌느니
모란이 지고 말면 그뿐 내 한해는 다 가고 말아
삼백 예순 날 하냥 섭섭해 우옵내다

모란이 피기까지는
나는 아직 기다리고 있을 테요
찬란한 슬픔의 봄을

시인 **김이진** 편

🎵 **시낭송 QR 코드**
제 목 : 커피가 그리운 아침에
시낭송 : 박태임

프로필

· 한국문인협회 정회원
· (사)창작문학예술인협의회 정회원
· 대한문인협회 강원지회 정회원
· 유니세프한국위원회 정회원
· 사랑의 장기기증운동본부 정회원
· 영월교육지원청 자원봉사 동아리 『디딤돌』 정회원
· 한국문화예술인 금상 수상(2015)
· 2015~2017 명인명시 특선시인선 선정

· 저서 : 詩集 "수채화로 물들인 사랑"

김이진 시집
"수채화로 물들인 사랑"

김이진 시인

안부 / 김이진

마음의 창을 열고
그녀의 안부를 묻는다

밤이 지새도록
아름다운 언어들의 속삭임 가슴에 담아
상큼한 향기 바람이 아침 햇살 품에 안길 때
문학 소년처럼 빨간 우체통을 만나러 간다

새
콤
달
콤

입안에서 사과 한 조각이 춤춘다.

봄비 / 김이진

그대의 가슴을
훔쳐보고 싶은
마음을 알기나 할까.

꽃비 / 김이진

너무나
아름다운
무희의 몸짓인가

어느
시인의
가슴은 흠뻑 젖었다

한 줌
바람에도 일렁이는
그녀의 숨결을 느끼고 싶음이다.

살아 있음에 / 김이진

잠에서
막 깨어난
아침 햇살
거친 숨결을 토해낸다

투박한
머그잔에
갈색 그리움
풀어 놓는다

온몸으로
전해지는 떨림
뜨거운 숨결
짜릿한 전율

내
몸뚱아리는
꿈틀거리고 있다.

詩集 수채화로 물들인 사랑 중에서

김이진 시인

그리움이 사랑을 품을 때 / 김이진

누가
가을은
남자의 계절이라 하였던가?

그리움이
사랑을 품을 때
바람은 이미 알고 있었나 보다

내 가슴 속으로
들어온 상큼한 바람이
구절초의 사랑이었다는 것을

이 가을
붉게 물들이고 싶다
사내의 투박한 가슴을 …….

커피가 그리운 아침에 / 김이진

그녀의 진한 향수처럼
음악의 선율은 가을을 타고
떨림으로 다가와 나를 흔들고 있다

그녀의
목소리인 듯
착각 속에 빠져
애마에 몸을 맡기고
어디론가 분주하게 움직인다

커피가 그리운 아침에
수채화로 물들인 사랑
진한 커피 내음에 가을 속으로 빠진다

입안에 감도는 향긋한 그 느낌
짜릿한 키스처럼 긴 여운을 남기며
오늘도 또 하나의 행복을 스케치한다.

제목 : 커피가 그리운 아침에
시낭송 : 박태임
스마트폰으로 QR 코드를 스캔하면
시낭송을 감상할 수 있습니다.

아침 강가에서 / 김이진

가을이
익어간다

당신을 향한
그리움처럼

저 멀리
안개 숲 사이로
그녀가 걸어온다

상큼한
향기바람 싣고서…….

詩集 수채화로 물들인 사랑 중에서

남자의 폐경기 / 김이진

쉰

그
리
고

아홉

난
빈
껍데기였다

내
가슴속은
온통 상처투성이다 　　그러나
　　　　　　　　　　　난 나를 버릴 수가 없다

모든 것을
내려놓고 싶다 　　한줌
　　　　　　　　차가운 바람이
　　　　　　　　내 가슴 속으로 파고든다.

詩集 수채화로 물들인 사랑 중에서

김이진 시인

따로국밥 / 김이진

우리는
늘 함께였다

그러나
주말이면
어김없이 따로국밥이었다

남자는
시 쓴다고
집안 식구들 숨도 못 쉬게 하고

마라톤 훈련한다고
팬츠만 입고 신작로를 달리고

자연의
숨결을 느낀다고
산속으로 달려가고

또 어느 날인가
머리를 식힌다고
낚시가방 챙겨 강가로 달려가고

여자는 결심했다
이제부터 따로국밥은 안녕이다
마라톤대회를 가는 남자를 따라나섰다
그리고 함께 마라톤대회에 참석하여 달렸다

굵은 땀방울 흘리며
금방이라도 쓰러질 듯
거친 숨결을 몰아쉬며
그렇게 그는 첫 마라톤을 완주하였다

그다음 주
이른 아침 일어나 김밥을 싸고
사이다를 챙기고, 초콜릿도 챙겨
남자랑 아무 말 없이 산으로 갔다.

가을은 / 김이진

밤새
그리움의
고열로 끙끙거리다
아침 속으로 발길을 옮긴다

아!
흔들리는
시인의 가슴이여

오늘은
아무런 조건 없이 바람에게
내 마음 다 주고 싶음이다.

🎵 **시낭송 QR 코드**

제 목 : 겨울
시낭송 : 김지원

프로필

· 대전 거주
· 대한문학세계 신인문학상 수상(2016)
· (사)창작문학예술인협의회 정회원
· 대한문인협회 대전충청지회 정회원
· 2017 명인명시 특선시인선 선정

겨울 / 김인숙

설레던 아기 바람
꽃내음 향긋한 봄날

뜨거워서
못살 것 같던 여름날

가지마다
황홀하게 익어가던
탐스러운 열매
눈부신 빛고운 단풍

모두 떠나고
기억의 한순간
그리운 생각들

침묵의 시간 속에 자라나는
고드름 같은 고독이

속으로 점점 추워져
탄탄히
마음의 기초를 다지는 시련

겸손히
아래로 뻗어 뿌리내리는
몸부림의 계절

제목 : 겨울
시낭송 : 김지원
스마트폰으로 QR 코드를 스캔하면
시낭송을 감상할 수 있습니다.

김인숙 시인

봄은 / 김인숙

이 좋은 봄날
꽃 노래 한 소절
부르지 못함은
슬픔이에요

희망의 날개 속에
사랑을 품고
포근히 새 생명
틔우고야
얼굴은 빛이 나지요

아프고
어두운 추운 구석
하나쯤은 있기에

꽃잎 같은
여린 눈물 뚝뚝
바람에 훨훨 날려

기쁨 희망 설렘
새롭게 환한 미소
꽃피워 내지요

살얼음판 긴 겨울
훌쩍 뛰어넘어
꽃무늬 예쁜 옷 입고
랄랄라 봄은 꽃 춤을 추어요

꽈리 / 김인숙

푸른 나의 청춘
빨갛게 익어가니

속으로 여물은
씨앗 같은 세월이

추억과 그리움으로
빼곡하여라

아픔이 왜 없었으랴마는
빼어내고 꺼내어보면

시원하게 불러보는
한 줄 노랫가락이려니

비워가며 불어보는 꽈리
시름 털어 즐거이 흥을 불러오네

김인숙 시인

사랑초 / 김인숙

혼자는 기쁠 수 없어
밝은 햇빛 보려고
비좁은 틈으로
고개를 쏙 내밀어요

혼자는 외로운지
울음소리 낼 수도 없어
바람 소리 온몸 끌어안고
깊은 뿌리까지 흔들려요

혼자는
슬픔 한점도 지울 수 없어
빗소리에 또로롱 톡톡
빗물 흠뻑 모든 슬픔 씻어요

혼자서는
아무것도 될 수 없어
차가운 땅속에서
몸부림 애처로이

하늘 향해 꿈을 꾸는
목이 길은 그리움
그대 곁에 오래오래
맑은 향기 사랑꽃이 될래요

들꽃 / 김인숙

순수한 수줍음에
가녀린 미소
너는 자라면 향기
널리 퍼질 거야

길모퉁이
틈바구니에
외로이 태어나

마침내 꽃피운
기쁨 한 송이

무심한
발걸음에 밟혀
여린 이파리
붉은 피멍 물들어가도

나는 너에게
나를 숨죽여
너의 맑은 노랫소리
귓가에 담아 본다

나중에
꽃이 핀 다음에
고운 빛임을 알게 될 거야

희망 한 송이 피우며
살아보라고
잠잠히 인내하며
살아보라고

바람결에
웃음 웃고
울기도 하면서

들꽃 향기
은은하게 속삭여준다

나뭇가지 / 김인숙

우리는
한 나무에서 자라나
함께 살아온
피붙이입니다

큰 가지, 작은 가지
궂은일, 좋은 일 함께 겪으며
우리의 하루하루는
행복을 키워갑니다

깊은 어둠, 감당할 수 없을
두려운 폭풍 몰아쳐도
서로 의지하고 위로의 몸짓을
멈추지 않습니다

우리는 한 나무에서 뻗어 나온
사랑의 가지입니다.
때로 부대끼며 미움으로 흔들리는
아픔의 순간도 있지만

우리는 사랑이기 때문에
사랑하기 때문에
사랑할 수밖에 없으므로
흔들렸을 뿐입니다

깜장 고무신 / 김인숙

아장아장 발을 담았네

깜장 고무신이
발바닥을 업고 뛰어가네

애들아 오늘은
운동장에서 뛰어놀자

밀끄덩 밀끄덩 벗겨져도
운동장을 달린다

운동화보다
더 잘 뛰는 깜장 고무신

운동화야 얼른 와
같이 손잡고 달리자

고무신도 달리고
운동화도 달린다

해님도 달려오며
햇살 웃음 비춰준다

김인숙 시인

변두리 / 김인숙

기억해 주는 이 없어도
변두리의 밤은
내일을 위한 희망의
등불을 집집이 밝히고

비 오는 처마 밑에는
배고픈 강아지 한 마리
밥그릇 베개 삼아
잠이 들었다

오늘도 늦은 퇴근길
엄마의 휘어진 등줄기
양손에 들은 검은 봉지엔
하루의 땀방울
행복으로 담아 오시네

까만 눈 반짝이고
덩달아 강아지도
앞발 들어 널름널름

얘들아
부르는 소리에
쪼르르 아이들이
검정 봉지를 향해

엄마의 힘든 하루
검정 봉지 안에서
빙그레 미소 지으며
달콤한 향기
집안 가득 퍼진다

만남 / 김인숙

그냥 기다려져요
보고 싶고 궁금했어요

그대가 찾아오면
왜 그리 반가운지

정말 마음은 기쁨
벅차오르는데

눈에선 왜 눈물이
나오나 모르겠어요

별빛보다 달빛보다
포근한 그대 미소

눈꺼풀에 쏟아지는 밤잠
나의 눈을 흐려도

너무나도 아까워
잠시라도 더 보고 싶어

그댈 향한 두 눈을
감을 수도 뗄 수도 없어요

김인숙 시인

사발면 / 김인숙

사발 안에 몸을 오그리고
빼빼 마른 면발들이
으스러질 듯 붙어있네

배고프고 쓸쓸한 날엔
따뜻한 게 그리운가 보다
팔팔 끓는 물로
원하는 선까지 사랑을 부으라 하네

삼 년도 아니고
삼십 년도 아니고
고작 삼분이지만
따뜻이 몸을 녹이렴
뜨거운 내 마음을 받으렴

살살 저어주면 딱딱한 몸과
엉킨 맘이 풀려
나긋나긋 부드러운 맛으로 안기고
뜨끈한 국물로 내 속까지 데워주니

허기진 바람불어 쓸쓸한 날엔
우리 사이
딱 좋은 뜨거운 사이

시인 **김정희** 편

♣ 목차

1. 심로
2. 사랑은 신기루인가
3. 어느 가을날 아침에
4. 사려울의 전설
5. 마음의 행로
6. 처맛골 칼바람
7. 바람이거든
8. 이별 연습
9. 고뇌의 강
10. 쓸쓸한 플랫폼에서

♪ 시낭송 QR 코드
제 목 : 이별 연습
시낭송 : 박순애

프로필

· 대한문학세계 시 부문 등단
· (사)창작문학예술인협의회 정회원
· (현) 대한문인협회 상벌위원장
· (현) 대한문인협회 서울인천지회 사무국장

〈수상 및 경력〉
· 2014년 대한문인협회 문화예술인 금상
· 2015년 올해의 시인상 수상
· 2015~2017년 현대시를 대표하는 "명인명시 특선시인선" 3년 연속 선정
· 2015년 특별초대 시화 작품집 "유화에 시의 영혼을 담다" 공저
　　　　　동인문집 "들꽃처럼" 공저
· 2014년 특별초대 시인 시화전 참가
· 2016년 현대시 100주년 기념 특별초대 시화전 참가

심로 / 김정희

검푸른 하늘 휘영청 한 달빛에 마음 잠겨
떠가는 조각구름에 애잔한 심정을 걸어 놓고
심드렁한 기분 구름 사이로 파도타기 한다

시향을 찾으려 밤새 낡은 노트를 뒤적여도
마음을 열어 주는 시 한 편 짓지 못한 채
동녘엔 어느새 여명의 바람이 차갑다

세파에 찌든 애처로운 영혼이여
감동이 없으면 그저 덮어 두면 될 것을
어쩌랴 밤새 애꿎은 시절만 탓하였구나.

사랑은 신기루인가 / 김정희

시절도 모르고 피어난 노란 개나리꽃
찬 바람에 흔들리는 네 모습 애잔하여라

한겨울 창가로 스민 따사로운 햇살에
뒷산 진달래 멍울에 붉은빛 들었을까
봄을 기다리는 내 맘 같구나

아지랑이 따라 맨발로 나선 길
섣부른 봄 마중에 시린 것이 어디 발뿐이랴

마음 둘 곳 없어 뼛속까지 가슴 시리니

아! 이를 어쩌나
텅 빈 마음에 고뿔 들겠네.

어느 가을날 아침에 / 김정희

바람도 싸늘해진 가을 아침
오늘따라 하늘은
왜 이렇게 찌푸린 채 흐려있을까

밤보다 어두운 맘 긴 뒤척임으로 지친 채
난 또다시 시름을 접고
뭇 사람들의 시선을 속이며

밝은 미소의 현실로 돌아가는 길입니다

2008.09 출근길에서

사려울의 전설 / 김정희

선산 자락에 둥지 튼 김가네 집성촌
윗말에 타성바지 노인이 살았지

호탕하게 웃던 얼굴 선했건만
막걸리 술주정은 없어진 집터처럼
전설이 되었다

그 집 흙 담장 옆 빨갛게 익어가던 앵두는
머릿속에 선명하게 떠오르건만

개울가 양지쪽 으름덩굴 열매 따 먹던 일도
동화 속 이야기가 되었다

동무들도 떠나고 풍경도 변해 버린 고향
터만 남은 절골 아래 개울에는
아직도 가재가 살고 있을까?

김정희 시인

마음의 행로 / 김정희

살다 보니 일탈의 현장에서
나만의 사색의 강가를 거닐다가 잠들고 싶은
반란 같은 작은 소망이 수년째 가슴에서 요동친다

떠나거라 가슴을 고동치게 하는 곳으로

그러나 고약한 이성은 냉정한 길잡이가 되어
한결같이 경로 이탈을 외친다

가슴은 떠나라고 속삭이는데
머릿속에선 마음이 가는 길을 접으라고
생각을 접을 때까지 땡땡거리며 경고음을 울린다

석양의 황금빛 노을에 또다시 젖어드는 유혹
어둠 속에 나를 숨겨
어딘가로 한없이 달려가고 싶어진다

고정관념이 내 발목을 붙잡기 전에

처맛골 칼바람 / 김정희

문수산 자락 휘감아 도는 북풍에
눈보라로 가는 길 막아설 때
치맛자락 내게 씌워 주시던 어머니

온몸으로 바람을 마주하며 앞서가셔도
춥지 않다고 하시던 따뜻한 사랑이 그립다

세월 지나 내가 어미가 되고 보니
산다는 건 어쩜 이리도 모질고 가슴 시린 걸까

시련 속에서도 굴하지 않던 내 어머니의
위대한 사랑을 이제야 조금 알 것 같은데

나는
왜 그렇게 하지 못할까?

바람이거든 / 김정희

그대 스치고 지나는 바람이거든
저무는 들녘에 홀로 핀 꽃잎일랑
흔들지 말고 가소서

살갗을 파고드는 한기에
시린 목 움츠리며 옷깃 여밀 때
돌아서는 모습이 아픔으로 남지 않게 해 주오

살을 에는 추위보다 시린 가슴 되어
스치는 갈바람에도 절절히 사무치는
삼키는 이 눈물을 뉘 알랴?

이별 연습 / 김정희

사랑이란 이유의 구속보다는
외로운 자유를 갈망하는 그대를 위해

인연의 끈 놓으려 했다 차마 말을 못하고
가라앉은 목소리로 안부를 묻는다

서먹함은 무더위가 주범인 양
한바탕 날씨 탓으로 어설픈 화해를 하고

언제 또 서로에게 상처가 될지 모른 채
하얀 분칠의 피에로처럼 웃는다

미소 뒤에 감춘 자존심은
다가갈수록 팽창하는 외줄 타기
곡예사의 사랑인가?

제목 : 이별 연습
시낭송 : 박순애
스마트폰으로 QR 코드를 스캔하면
시낭송을 감상할 수 있습니다.

고뇌의 강 / 김정희

때로는 희망하고 소원하는 일들이
과욕이라는 생각이 든다

마음을 비우려 해도
아직 쓸쓸함이 남아 있는 건 미련 때문일까

맘을 흔드는 고뇌 앞에서 갈 바를 모르고
앞으로 나아 가지도 돌아가지도 못한 채
머뭇거리며 방황하고 있구나

쓸쓸한 플랫폼에서 / 김정희

그대를 태운 기차가 사라진 자리
두 줄 선로만 여운처럼 남았다

다시 만날 기약을 남기고 떠난 사람아
그날이 마지막이 될 줄 어이 알았으랴

선로에 남은 슬픔은
다가서지 못하는 두 마음 같아

어차피 갈 바엔 미련마저 가져가지
사랑한다는 그 말은 왜 남겨 두는가

비껴간 인연처럼 만날 수 없어
그리움만 안고 가는 차디찬 평행선

🎵 시낭송 QR 코드
제 목 : 어느 손이면 어떤가
시낭송 : 박영애

시작노트

지나온 세월 동안
참으로 많은 날을 여기에 머물렀고
수많은 정을 여기에 주었고
수많은 갈등을 여기에서 했고
여기를 버리기도 하였고
여기를 떠나기도 하였으나
여기를 떼어 놓을 수 없는
내 몸의 오감이라
무한의 시간은 아니지만
여기에 내 삶의 그림자와 함께 하리라

이제 하나 둘
날실과 씨실들이 어우러져
진정한 옷감으로 제 모습을 갖추니

어떤 옷맵시로
어떤 색상으로
어떤 색감으로
어떤 감촉으로
여기에서 자리매김 할지
누구나 입을 수 있는 옷이지만
나만의 무늬는 지워지지 않는 손금으로
여기에 새겨져 있으리라.

어느 손이면 어떤가 / 김종대

오른손이면 어떤가
왼손이면 어떤가
마주 잡을 수 있으면

두 손의 손금이 어긋나도
인연이라 만남이고

두 손의 길이가 틀려도
이 순간의 다정히 소중하고

두 손의 크기가 달라도
술잔을 나눔에 한 손이면 족하고

어느 손이면 어떤가
꼭 잡아 주는 손 있으면
양지바른 풀밭에서
할미꽃이 하늘 보고 웃지 않을까.

제목 :어느 손이면 어떤가
시낭송 : 박영애
스마트폰으로 QR 코드를 스캔하면
시낭송을 감상할 수 있습니다.

눈(雪)으로 다 덮지 못한 세상 / 김종대

처음에는
다 덮고도 남았으리

스스로 오만을 남겼으리

바람 불어 겉옷 벗고 보니
온갖 물상들이 속옷 벗겨 가고

생을 다한 물고기에서
떨어져 나온 비늘은
검은 토사물로 발악하네

오만할지라도
다 덮어 다 보이지 않게
다 볼 수 없는 세월도 좋으리

다시 눈 내리는 날을 기다린다.

나에게 전하는 내 말 / 김종대

당신은 나에게 하늘이고

당신은 나에게 바다이고

당신은 나에게 산이고

당신은 나에게 바람이고

당신은 나에게 해와 달이고

하늘은 나에게 바다이고

산은 나에게 바람이고

해와 달은 나에게 흙이고

나에게 전하는 내 말은 벙어리다.

봄이라 / 김종대

길옆에 앉은 노란 입술은
가기 싫은 꽃샘추위의 앙탈을
수줍은 미소로 포옹하니
누구나 봄이라

가지에 피어난 낮달은
그리움에 밤을 잊어
옷도 입지 않고 얼굴부터 내미니
누구나 봄이라

분홍의 눈빛이
하얀 얼굴로 자신을 뽐내고
거리마다 봄눈이 가득하니
누구나 봄이라

멀리 돌아온 길은 아니었나
꽃이라 피는 봄이기에
나에게도 봄이라

내 거울에 비치는
투명한 봄이라
웃음 짓는 향기와 손잡고
나들이 하고 싶구나.

파도 속에서 / 김종대

이제
춤은 시작되었다

겹겹의 옷자락은
허물을 벗고

벌거숭이 무당춤은
사치한 번뇌를
교만한 욕망을
휘감아 허공에 팽개친다

때로는 엄숙하게
때로는 화려하게
때로는 분노하며

하얀 방울 소리는   이제는
한 줌 바람에   울음도 보이고
고막을 깨우고   웃음도 보인다

언제 멈출지 모르는
춤 속에서.

송충이 / 김종대

나무 한 그루에서 시작하였지
그대의 세상은 그게 다였지

하루가 일 년인가
나뭇잎 한 장이면 하루가 지나고

욕심도 없이
본능으로 가는가
운명으로 가는가

세상 밖의 세상은 모르고
좁은 가지를 발로 움켜쥐고
안으로 안으로 침묵하건만

바람은 할퀴고 가고
신도 아닌 신들은
광활한 세상을 소유하고도
나무 한 그루도 잃기 싫어
오늘도 삭제의 손놀림이네

그대의 세상은 나무 한 그루
소망하지 않아도 날개가 나오니
앉은 자리 팽개치고
허공 속을 맴도누나

하늘에 가득한 그물에 걸려
볼품없이 추락할지라도
그대의 날개는 훨훨 자유이기를.

여름인가 / 김종대

봄이라
차가운 바람이 산에 숨어
참으로 좋아라 하였지

포근한 풀잎이
마음 가득 채운 게
언제 이였나

제멋에 겨워
영악한 꽃망울 활짝 웃던 게
언제 이였나

포슬포슬한 들길을 걸은 게
어제였는데
오늘
무성한 녹음에 갇혀 숨이 힘드네

계류는 빠르게 흐르고
한낮의 태양은 두려움으로 다가오니
봄꽃을 보냄에 주저할 수 없고

이제 열정의 폭력에 순응하여
한 조각 소나기를 기다림이
여름인가.

길에 떨어진 붉은 낙엽 한 장 / 김종대

울창한 시절은
가을바람에 떠나가고

가을바람에 떨어진 낙엽들은
때론 예상하지 못한 인연으로
길에 누워 시간에 매여 있고

시간이 흘러도 사라지지 않을
기억의 굴곡에 붉은 낯빛으로
몸부림치고 있네

화려한 무대에서
추락한 배우의 뒷모습에
박수는 이미 부질없건만

세월의 그림자는 심홍색으로 남아
마지막 갈채를 찾고 있으니

갈색 길에 떨어진 붉은 낙엽 한 장
가는 길이 쓸쓸함에서
억척스러운 계절을 걸어가는가 하네

가을은 바람으로 오고 / 김종대

나른한 봄은 꽃으로 와
들녘을 지나 산으로 가고

요사한 여름은 하늘로 와
호접몽을 지나 비로 가고

너 네들의 가을은 산 위에서 아래로
처처에 사념을 뿌리며 유혹하지

나에게 오는 가을은
바람으로 혼자 몰래 안기니
누가 볼까 깊이깊이 숨겨 놓고

산에는 없어도 들에는 없어도
가을은 바람으로
보내는 이 그리움으로
받는 이 낙엽으로
한 장의 엽서를 날린다.

어쩌다 보니 / 김종대

운명도 숙명도
지나가는 길에
작은 개울로 여겼다

쉬이 가는 이 길이
내 마음대로 갈 수 있는
진창길로 여겼다

꽃이 풀이 숲이 산이
나로 있고
벌레가 토끼가 뱀도 새도
나로 있고
세상이 나로 돌고 있다 여겼다

그 공간이 그 세월이 아님을
머리로 깨우치고
가슴으로 느끼는 게
어렵지도 쉽지도 않았다

이제 여기 앉아 위를 보니
보이는 건 하늘뿐인 걸
먼지로 제자리 빙빙 돌고 있는
내 그림자
어쩌다 보니 어쩌다 보니.

시인 **김혜정** 편

♣ 목차

🎵 **시낭송 QR 코드**
제 목 : 풍금이 있던 자리
시낭송 : 김락호

김혜정 시집
"어떤 모퉁이를 돌다" "먼, 그래서 더 먼"

프로필

· 경상남도 사천 출생
· 대한문학세계 시 부분 신인문학상
· (사)창작문학예술인협의회 이사
· 대한문인협회 서울인천지회 부지회장
· 한국문인협회 회원
· 대한창작문예대학 6기 졸업
· 문예창작지도자 자격 취득
〈수상〉
· 2011년 제3회 미당 서정주 시회문학상
· 명인명시 특선시인선 2005년 선정
· 명인명시 특선시인선 2016년 선정
· 월간 한비문학 작품상
· 한비문학상 시부분 대상
· 한국문학비평가협회 문학상
· 한국문학 우수 작품상 수상

· 대한창작문예대학
    졸업 작품 경연대회 대상
〈개인 저서〉
· 제 1시집 "어떤 모퉁이를 돌다"
· 제 2시집 "먼, 그래서 더 먼"
〈공저〉
· 명인명시 특선시인선
· 시인과 사색(5~13집)
· 사랑, 그 아찔한 황홀 동인
· 사랑은 기적을 일으킨다 동인
· 詩 천국에 살다 동인
· "유화에 시의 영혼을 담다"
· 서울인천지회 "들꽃처럼1,2" 동인
· 동반의 여정

김혜정 시인

별 / 김혜정

꽃에서
당신의 얼굴을 본다

화안한 빛의 생동을
하늘빛 속에 묻으면
당신은 별이 되어
내 가슴에 흐르고

당신 눈 속에 스민
온화한 빛은
내 어둠 속에서
꽃의 미소로 기지개를 켠다

별(2) / 김혜정

어스름한 길모퉁이
홀로 앉아 있는
어둠의 쓸쓸한 가슴을
다정스레 어루만지는
별빛이 있다

낮게 불어오는 미풍
외로운 가슴 어루만지는
따뜻한 손길에 그리운 사람의
사랑이 다정하게 들려 있다
뉘라서 그 사랑을 알까

오랫동안 남몰래 품었던 연정
수많은 세월이 흐른 후
서로의 가슴에 별이 되어
빛나고 있음을

김혜정 시인

별을 닮은 여자 / 김혜정

길을 걷다가 흘깃 곁눈질로
유리창에 비쳐드는 모습들을 훑어본다

제법 당당한 모습의 한 여자가
늦지도 빠르지도 않은 걸음으로
세상을 유유히 걷고 있다

앞만 보고 열심히 살아온 세월
그만큼 욕심도 많아져서
매일 꿈의 창문을 닦으며
희망을 노래 부르는 여자

더 높은 곳을 향해 오르다가 가끔은,
슬픔을 만나고 울음을 만나기도 하지만
결국은 맑게 갠 밤하늘 위에
아름다운 별이 되어 빛나는
한 여자의 삶을 본다

삶의 향기 / 김혜정

깊고 푸른 날
바람 끝에 걸린 햇살의 눈빛이
그대의 눈빛보다도 따사로웠을까

눈길 닿는 곳마다
화안한 미소로 유혹하는
꽃의 향기가 그대 마음보다도 향기로웠을까

세상 어디쯤에서 살다가
삶의 한 보퉁이 껴안고
함께 걸어가는 길에
기나긴 외로움이 먹먹한 가슴으로
쓸쓸하다 하여도 그대와 나누는
삶의 향기 결코 후회하지 않으리

김혜정 시인

나를 위한 연가 / 김혜정

먼 어둠 속에서
소란스런 눈으로
노려보는 눈빛의 번득거림이
서늘하다

블랙홀에 빠진 듯
끝끝내 헤어날 수 없을지도
모르는 두려움 같은 것
그것이 무엇인지 나는 알지 못한다

다만, 어둠의 터널 속에 갇혀
서늘한 눈빛의 번득거림과
마주보고 있어도
결코 놓을 수 없는 한 가지
그것은 나를 향해 손짓하는 희망이다

하얀 꿈 / 김혜정

새롭게 펼쳐진 머나먼 길
뜨거운 삶의 수레 위에
두근거리는 가슴으로
하얀 꿈을 소복이 담아 본다

끝이 아닌 시작
설렘보다 두려움이 앞설지라도
뒤로 물러서지 않는
용기 있는 삶을 하늘 향해
꿈꾸어 본다

때로는
모진 바람 불어와도
달콤한 삶의 날들이
먼 언덕 위에서 별이 되어
빛날 그 날을 위해
뜨거운 입술로 희망을 노래한다

김혜정 시인

사금파리 / 김혜정

가냘픈 어깨 위에
곱게 내려앉은 천 년의 꿈
진흙 속에서 백학 한 쌍이
고요히 앉아 깃을 세운다

불가마니 속에서 싹틔운 희망
바래진 달빛 아래
날을 세우고 앉은
차가운 시선이 슬프다

초라한 삶에 장막을 친
갸륵한 음영은 무언 속에서
은밀한 사랑을 갈구하다
깊은 수렁으로 빠져 몸부림친다

빗나간 절제의 공간 안에서
고뇌의 시간은 흐르고
모가 난 가슴에 칼날 스치는 소리
툭 떨어져 내리는 조각난 이별이다

풍금이 있던 자리 / 김혜정

어느 날엔 가
흔적도 없이 사라져버린
그 자리에는 황량한 바람이
밭을 일구고 있습니다

여린 소년의 작은 꿈이
힘차게 날갯짓하며 비상하던 곳
빈곤함에 꿈 또한 접어야 했던 곳

나는 오늘도
아득히 먼 기억 속
풍금이 있던 그 자리에 앉아
귓가에 기웃대는
흐트러진 소리 하나 들고
동강 난 사부곡을 부릅니다

제목 : 풍금이 있던 자리
시낭송 : 김락호
스마트폰으로 QR 코드를 스캔하면
시낭송을 감상할 수 있습니다.

김혜정 시인

우주(宇宙) / 김혜정

한낮에 내리쬐는 햇살만 봐도
가슴이 울렁거리고
저만치 붉게 물드는 노을만 봐도
가슴에 환희가 차오른다

생명의 눈을 가진 나는
삶의 모든 순간을
추억으로 멈추게 하며
아름다운 봄이 찾아와 유혹하는
화려한 우주를 걸어 다닌다

벚꽃이 팝콘처럼 톡톡 튀는 거리
새로운 삶의 풍광을 좇아
조리개와 초점을 맞추고
미세한 심장박동 소리마저
일시 정지시킨다

벚꽃나무 아래 봄나들이 나온
아이들의 해맑은 표정이
내 눈 속에 들어온다

찰칵, 셔터를 누른다

용수철 / 김혜정

태양의 부석거리는 걸음에
바위가 매달린 듯하다
안절부절못하는 하루는
가시방석이다

그렇게 태양과 하루는
서로 공존하면서 다른 꿈을 꾸고
다른 곳을 바라보면서도
같은 꿈을 꾸는 한 몸이다

하지만 그 꿈이 가시에 찔려
생채기가 생기면 갈등은 시작된다
자석처럼 끌어당겨 틈을 메우려 해도
어긋난 자존심은 용수철처럼 튀어 오른다

🎵 시낭송 QR 코드
제 목 : 소절(素節) 국화
시낭송 : 최명자

시작노트
심장에 피는 꽃

꽃을 닮은 그 사람이
꽃보다 더 활짝 웃었다

심장에 뿌리를 내려
붉은 혈관을 타고 벙글어지는
고결한 사랑의 꽃

진정, 사람이 꽃보다
진한 향기를 품을 수 있음을
이제야, 알 것도 같다

해후 / 김흥님

예전에도 만난 적이 있지요, 우리
해토머리 무렵이면
문지방을 넘나드는 명주바람이
낯설지가 않고 살가웠어요
양지바른 산비탈엔 보송한
얼음새꽃 무리가 오소소 피어났지요

하늘의 휘장을 찢고
서막을 여는 나팔소리에
생명의 발원지 땅의 태를 열어
첫 입맞춤으로 부스스 깨어난
대지의 당양한 숨결소리가 슴벅거려요

염천을 풀무질하던 계절을 서성이다
노을 비끼는 들녘을 지나온 간이역에
반드시 오고야말 행복처럼 당신은 내게 왔지요

큰개불알풀과 광대나물이 머리를 맞댄
호들갑스런 분탕질에 화들짝 피어나는 현기증

그렇게 봄은,
보랏빛 장다리가 조용히 목울대를 품어
뻐근한 가슴에 스며드는 것이라고
아무런 사심 없이 물드는 일이라고

춘곤증 / 김홍님

눈꺼풀에 코끼리 한 마리가 올라앉았다

문고리에 쩍쩍 달라붙던
찌릿한 긴장이 풀린 탓일까
자꾸만 땅속으로 뭉텅 꺼지는 함몰이다
아니, 의식의 몰락이다

동공이 풀리고 맥박이 힘없이 널브러지는
내 의지는 단 한 방울도 희석되지 않았다
늑골 한 섬 청보리가 피는
춘궁기 고개를 넘어가는 춘곤이다

희끄무레한 수수께끼 같은 얼굴들이
알쏭달쏭 스무고개를 아스라이 넘어가고
몽상과 현실의 경계에서 잠꼬대가 나락으로 떨어져
게으른 선하품이 연신 기웃거린다

담쟁이 줄기를 꺾어 지렛대라도 받쳐야 하나?

배추흰나비 한 쌍이 정수리에 앉아
꽃잠에 드는 어느 봄날 나른한 오후

장마 / 김홍님

간헐적으로 흐느끼다
몇 날을 축축이 젖은 몸을 뒤척이다
우는 것만이 능사는 아니라고
푸른곰팡이 툭툭 털어내고
백악기 공룡들이 살았다는 바다로 간다

뇌우의 노략질에 짓물러 문드러진
꽃잎들이 바다로 떠 내려와
차마 잠들지 못하고 잦은 통곡을 한다
바다는 끝내 울음을 삼키지 못한 채
수만 년 서고에 켜켜이 쌓아 올린다

허름한 성을 에워싼 옥수수 잎들이
장대비의 광기에 히죽거리다
자오 록 안갯속으로 무심히 돌아서고
도시의 참새떼 방앗간에 에둘러 앉아
삶이 달콤하게 녹아내린 방앗간 주인의
죽을 때까지 물리지 않는다는 밥의 진리를 경청한다

울다가 지친 모든 것들은
생의 지루한 샛강을 건너는 중이다

김흥님 시인

어린 왕자 / 김흥님

해거름 녘 짙게 내려앉은
남보랏빛 유혹을 뿌리칠 수가 없었어
맛보기로 배운 카메라의 매력에 빠져
매직아워 시간대 이끌려 장복산 하늘마루에 올랐지

언제부터 거기 서 있었을까?
소행성 B612 어린 왕자가 사막여우와 함께
진해만을 내려다보고 있었어

"세상에서 가장 어려운 일은 사람이 사람의 마음을 얻는 일이란다"

소원해진 관계들이 길들기까지는
수많은 시행착오를 거쳐야 해
이미 길들여진 애지중지 아끼던 것들이 미끄덩,
손가락 사이를 빠져나가자 일순간 사라져버린 존재의 부재

홀로 서 있는 오래된 습관은 모순에 빠지기 십상이야

안녕! 떠나 온 장미를 생각하고 있니?
말없이 밤하늘 별들을 헤아리는
어린 왕자 주머니 안쪽에서 양 한 마리 부스럭거렸어

이내, 땅거미가 꾸불거리는 뱀 허리를 틀어 안고
속천 바다를 향해 달음질치고 있었지

드라이 플라워 / 김흥님

봉창에 내걸린
살청의 육신이 창창하다

빛바랜 채
거꾸로 매달린 형벌
미완된 적바림의 퇴색된 화두가
수레국화의 순애보처럼 우련하다

어둠이 돌아앉은 원고지 칸칸마다
새장에 갇힌 새 한 마리
파닥거리다
더 이상 날아갈 수 없음을 알았을 때
차라리 안도감이란...

샐비어의 달콤한 기억을 더듬어
지리멸렬한 무색의 생각들이 물구나무 서 있다

김흥님 시인

섬 소녀 천사의 섬에 가다 / 김흥님

무시로 웃자란 상념의 잡초들이
장롱 속 깊은 나프탈렌 냄새를 품어
낡은 기억의 창고에 차곡하게 쌓여가는 날이면
문득, 주섬주섬 삶의 조각들을 챙겨
어디론가 훌쩍 떠나고 싶을 때가 있다

마른 눈물을 받아먹고 피어난
단내 나는 깨꽃이 그립고
담벼락에 기대선 나팔꽃
하늘 향한 헛손질이 눈에 밟힌 날이면
고장 난 시계태엽처럼
하던 말 되뇌며 새벽 단잠을 깨우는
그 녹슨 기계의 삐걱거리는
어머니의 넋두리가 사무치게 그리울 때가 있다

간밤에 바다는 섬을 통째로 데려와
낯선 육지의 문지방을 넘지 못하고
밤새 울다가 지쳐
새벽녘 썰물이 되어 빠져나갔다
머리맡엔 여인의 하얀 속적삼 같은
소금기가 배여 있었다

굽어 휘어진 허리춤 사이로
서리태 콩 누렇게 익어가고
기다림에 지쳐버린 녹두 알들이
제풀에 서러워 나뒹구는 날이면
홀연히 남쪽으로 내달리는
목포행 완행열차에 몸을 싣는다

석산(石蒜) / 김흥님

잎이 되기 전
꽃이 되기 전

어머니의 자궁에서 우린 하나였건만
암연의 침묵이 흐른 뒤
속눈썹 길게 드리운 그리움
찬 서리 이슬방울 누선[淚腺]에 맺혔다

비늘줄기를 타고 오른 꽃대궁
희읍스름히 야위어 떠돌다
그대 떠난 소삽[疏澁]한 빈들에
백만 송이 군락으로 어우러져 있어도
철저히 고독한 천상의 꽃, 피안화여

너는 내 안에
나는 네 안에
이방인으로 존재하는가

김흥님 시인

소절(素節) 국화 / 김흥님

햇살이 수평선을 뚫고 솟아오르면
장독대 그늘에 수줍게 내려앉은
당신이 한 발자국씩 뗄 때마다
발밑에서 간질거리는 향기가 번졌습니다.

된서리 무성한 늦가을
격자무늬 창살에 갇혀
핏기 없는 뼈마디 앙상하게 드러낸 채
푸르스름한 달빛에 기대어
흐느끼는 당신을 숨죽여 바라보았습니다.

죽음마다 하얀 소복단장에
복화술사의 장송곡에 엎드려
마른 눈물을 훔치는 당신의
기구한 사연일랑 가슴에 묻어두겠습니다

소절(素節) 여인이여
이안류에 휘말린 번뇌를 내려놓고
목젖 훤히 드러나는 화사한 미소
단 한번만이라도 마주하고 싶었습니다

제목 : 소절(素節) 국화
시낭송 : 최명자
스마트폰으로 QR 코드를 스캔하면
시낭송을 감상할 수 있습니다.

그림자 / 김홍님

자드락 빛이 내려앉은 오후
담장을 타고 마을 어귀를 기웃거리다
마루에 걸터앉았다가 슬며시 문지방을 넘어
안방의 은밀한 침실까지 들여다보고는
흔적 없이 빠져나간다

굴절된 빛을 통과한 왜곡된 몸짓은
피에로처럼 우스꽝스럽지만
진실은 오로지 마음으로 보는 법

꾸물거리던 하늘에 비라도 내리는 날이면
자아를 상실한 채 용천혈에 웅크리고 앉아
흑백의 얼개를 짜는 무형의 독백 소리

어슴푸레 음영으로 귀환하는 저녁,
명멸하는 모든 것에는 혼불이 깃들어 있다

김흥님 시인

소금꽃 / 김흥님

지독한 삶
욕망의 굴레이련가

사랑에 목마른
애증의 미련이련가

얼음 꽃으로 피어난
증오의 누흔[淚痕]

자고 나면 켜켜이 쌓이는
정승처럼 서 있는 거대한 섬

시인 **김희선** 편

🎵 시낭송 QR 코드
제 목 : 비명
시낭송 : 박영애

프로필

· 부산 해운대구 거주
· 2014년 대한문학세계 시 부문 등단
· (사)창작문학예술인협의회 정회원
· 대한문인협회 부산경남지회 정회원
· 2015년 대한문인협회 금주의 시 선정
· 2015년 순우리말 글짓기 전국 공모전 은상 수상
· 2015년 대한문인협회 올해의 시인상 수상
· 2016, 2017년 명인명시 특선시인선 선정
· 2016년 전국 시화 전시회 출품
· 2016년 대한문인협회 좋은 시 선정

〈공저〉
· 2015년 대한문인협회 부산경남지회 동인지 "낙동강 갈대바람"
· 2015년 특별 초대 시인 시화 작품집 "유화에 시의 영혼을 담다"

김희선 시인

비명 / 김희선

고요한 일상에서
벗어나고 싶은 갈망 때문에
시끄러운 세상 속에
나를 던져놓는 우愚를 범했다

믿음이 배반당한 현실에는
하나의 사건이 꼬리를 물고
무성해진 이야기로
세상을 욕심껏 유영했다

선입견으로 완전무장한
쓰디쓴 미소 앞에
불에 덴 아이처럼 놀라
결국, 울음을 터트렸다

두꺼운 갑옷을 벗고
무거운 사명감도 내려놓고
억지웃음도 거두고
어색한 분장도 지우고

상흔으로 얼룩진 마음 밭에
말간 봄 햇살이 깃들기를 소망한다

제목 : 비명
시낭송 : 박영애
스마트폰으로 QR 코드를 스캔하면
시낭송을 감상할 수 있습니다.

갈증 / 김희선

침묵의 긴 터널을 지나
이별했던 순간마저도
그리움으로 다가서는
생의 길목에서

하나의 계절이 퇴색되고
또 하나의 계절이
선명한 빛깔로 다가선다

삭막한 이별이 가져다준
끊임없는 갈증은
낡아져 가는 내 빛깔에
연초록 설렘으로 덧칠을 한다

김희선 시인

오월의 향기 / 김희선

완행열차는
해묵은 추억을 토해내고

양귀비의 붉은 입맞춤에
그대 품속 같은 보드라운 햇살은
길섶에 똬리를 틀고

돌담 사이로 흐르는
피아노 선율은 환청인 듯
연분홍빛 장미의 춤사위
실바람도 취해
오월을 휘감아 돈다

아카시아 푸른 향기는
말간 그리움을
수줍게 실어나르고

오월의 향기에
그대의 향기에
가슴으로 취하는 날

엄마표 쑥떡은
내 속에서
그리움을 잉태하고 있었다

들꽃의 기다림 / 김희선

소박한 진실로
외로운 들길에 홀로 기다림이
내 삶의 전부입니다

붉어진 얼굴 들킬세라
수줍게 고개 숙인 마음
그대, 아시는지요

스쳐 가는 미풍에도
파르르 떨리는 가냘픈 몸,
빗물에 온몸이 뿌리째 잠겨도
타는 목마름은 어쩔 수 없어요

햇살 곱게 비추는 날은
눈물로 젖은 마음 살포시 열어
그대를 기다립니다

한 계절의 짧은 생일지라도
그대를 그리워하는 일
결코, 멈추지 않으렵니다

김희선 시인

지난여름 / 김희선

거대한 찜통 속 열대야
불덩이 같은 몸으로
침대 난간 끝에
돌아앉은 모습이 안쓰럽다

두 손으로 얼굴을 감싸며
쿨럭쿨럭
불안한 숨을 몰아쉰다

불행은 언제나
예고 없이 들이닥치고
삶을 송두리째 흔든다

법 없이도 살 사람
그 고통의 몫이
오롯이 내 탓인 양

내 삶에,
가을이 있었다는 것조차도
까맣게 잊고 있었다

가을에는 / 김희선

가을에는
더는 아프지 말아요

쌓이고 맺힌 사연
침묵할수록
딱딱하게 굳어진 가슴

뜨거운 여름 내내
곪아 터진 상처
꽁꽁 싸매느라
얼마나 힘겨웠을까요

목이 터지게 외쳤던 아우성
스러져가던 진실의 꽃잎은
초록의 책갈피에 고이 접어두고

가을에는
단풍잎처럼
예쁘게 물들었으면 좋겠어요

가을비 / 김희선

바람도 무심히 지나간
도시의 메마른 정적 위로
가을비가 차분히 내려앉는다

젖지 않는 마음은
닿을 수 없는 그리움처럼
갈증만 더해가고

먼 시선 속으로
가을은 시나브로 익어가는데

한순간의 기쁨을 위한
그토록 오랜 인내였나 보다

숨쉬기조차 버거웠던
깊은 수렁 속 같은
삶의 아픈 편린들

이 가을비에
고스란히 흘려보내리라

가을 속내 / 김희선

이별이라는 붉은색
선명한 낙인을 찍고
가을이 가까이 다가선다

그랬다,
둘이어도 혼자였고
가까워질수록 멀리 있었다

짧은 만큼
더 깊어지는 절정

가을의 속내가
아궁이 속 갈잎처럼
활활 타들어 가고 있다

빛바랜 기억 / 김희선

새 학기가 시작되고
봄비가 장대비로 내리던 날
우산 속으로 들어 왔다

시골에서 전학을 왔다며
환하게 웃어주던 순박한 모습

달빛이 숨죽이며 지켜준
새끼손가락에 걸었던 언약

다시 새봄이 시작되고
절박한 삶의 기로에서
여지없이 선택된 길
차마, 이별을 말하진 못했다

긴 침묵의 강을 건너
전해온 엽서 한 장
폐부 깊숙이 묻어두었다

새봄의 언저리에서
가물거리던 빛바랜 기억
불현듯 가슴을 파고든다

겨울 창가에 / 김희선

앙상한 나뭇가지 너머로
말간 햇살은 피어나는데
어디선가 날아든
지난가을의 붉은 낙엽 한 장
창가를 빙빙 맴돌다가
찬바람 속으로 홀연히 사라졌다

붉게 익어가는 저녁노을은
너의 얼굴처럼 곱기만 한데
가슴 안에도 머물지 못하고
손안에도 잡히지 않는
내 안에 너는
여전히 부재중이다

어둠이 짙게 드리워진
차디찬 겨울 창가에
숨죽인 너의 얼굴은
창백한 그림자로 어른거리는데

겨울 아침 창가에 피어난 햇살처럼
따뜻한 너의 이야기가 그립다

시인 **김희영** 편

♪ **시낭송 QR 코드**
제 목 : 가을과 쑥부쟁이
시낭송 : 박태임

시작노트

넓고 하얀 화선지 위에
일필휘지 획을 긋는다
우리의 삶이
연습 없이 한 번에
살아내야 하듯이
한 번의 획으로
한 잎의 삶을 그린다

삶의 험난한 길
그 길을 넘어선
인생의 황혼 앞에 선 무상함
숨어 펼쳐 든 생명의 경전
이끼 낀 여백에 획을 긋는다

김희영 시집
"시간 속에 갇힌 여백"

가을과 쑥부쟁이 / 김희영

떨어지는 나뭇잎은 낮은 곳으로 내려앉고
핏빛 단풍잎 숙연하게 지는 섬돌 틈에
쑥부쟁이 핏기없는 얼굴
하늘로 청보라 빛 연정 품어 올린다

햇살은 먼 들길 끝으로 시간을 묻고
갈바람에 멍든 꽃잎
화려한 추락 위에 그리움 살포시 얹어
긴 기다림에 하늘만 바라본다

가을은 화려함에 지쳐 바스락거리는데
찾는 이 없는 싸늘한 돌 틈 사이
살을 저미는 그리움에 숨은 향기는
가을볕에 말라 간다

구멍 뚫린 꽃잎 사이로
외로움이 파고든다

제목 : 가을과 쑥부쟁이
시낭송 : 박태임
스마트폰으로 QR 코드를 스캔하면
시낭송을 감상할 수 있습니다.

김희영 시인

골프공 / 김희영

푸른 잔디를 활보하다 멈춘 자리
멋진 샷을 던져보지만
바람을 타고
연못에 빠졌다.
허우적거리며
연못가에 출렁이는 파도에 휩쓸려
부딪히는 바위는
건널 수 없는 벽이었다.   서산의 해는
보이지 않는 하늘이었다.   하루를 뛰놀다 산마루에 걸리고
절망의 곁에서   종횡무진 달리던 공은
어느 야무진 소녀의   텅 빈 잔디밭에 앉아
희뿌연 발이 연못에 뛰어들어   노을을 바라볼 때
날려 준 한 방의 샷   아직
희망이었다.   잔디밭에 나가지 못한
몸부림이었다.   여린 골프공
정상을 향한 굳은 의지였다   노을을 등지고 바닥만 바라본다

유명 선수가 아니어도 좋다
넓은 천연 잔디가 아니어도 좋다
어느 후미진 실내 연습장의
인조 잔디라도 좋다.
잡초를 뽑아내고 아름다운 필드를 우리가 만들
마음 놓고 샷을 날릴 수 있는 공간이면 족하다

공항의 풍경 / 김희영

시린 가을비가 내리던 날
그가 떠난 공항에는
식은 커피 같은 온도의 이별이
내리고 있었다.

부산하게 움직이는 사람들
누군가는 뜨거운 커피를 종이컵에 들고
누군가는 멍하게 하늘을 바라보고
누군가는 오랫동안 기다린 그리움을 만나는
시끌벅적한 공항
뜨거운 가슴이 떠난 공허함에
심장을 데우고 싶었다.

커피잔에 그리움이 내린다.
미련처럼 남기고 간 긴 여운은
뜨거운 그의 가슴처럼
마음에 남아있고
그리움마저 어찌하지 못하는
나의 미지근함은
식어버린 커피잔에 담겨있다.

심호흡에
폐 속 깊숙이 들어오는
공허함이 커피 향으로 가득하다.

김희영 시인

그림내 아버지 / 김희영

삶의 무게에
젊음은 굽은 허리로 빠져나가고
등골까지 파고든 아비의 무게는
사냥터에서 짓밟히고
하얀 윤슬처럼 머리카락으로 반짝거렸다

켜켜이 쌓인 고단함마저
애오라지 술 한 뚝배기에 담아두고
한 뉘를 아버지로 살아야 하는 사내의 삶은
가살날 나뭇잎처럼
샛바람에 날리어도
밝은 웃음을 가진 그린비였고
겨울날의 다온 햇살이었다

에움길 돌아갈까
가온길 잊을까
곰비임비 한
아이들 걱정하는 마음으로
너렁청하고 다복다복한 곳으로
이끌어 주셨다

삶의 고단함을 느낄 때마다
다사샬 품속으로 파고들고픈
아직
가슴에 살아계시는
그림내 아버지는
겨울날의 한 줄기 빛이었다.

그림내 : 내가 그리워하는 사람 / 윤슬 : 햇빛이나 달빛이 비치어 반짝이는 잔물결
애오라지 : 겨우, 오직 / 한 뉘 : 한평생 / 가살날 : 가을날 (출처 : 월명사 제망매가) / 샛바람 : 동풍
다온 : 따사롭고 은은한 / 에움길 : 굽은길 / 가온길 : 정직하고, 바른 정 가운데
곰비임비 : 물건이 거듭 쌓이거나 일이 계속 일어남 / 다사샬 : 자애로운(출처 : 충담사 안민가)
* 대한문인협회 순우리말 시 짓기 대상 수상 작품

그의 화분 / 김희영

키 작은 잿빛 하늘은
햇살을 삼키고
금세
새하얀 꽃가루 빛으로
세상을 뒤덮는다

창밖은
흰색에 갇혀 색을 잃어버렸다

창가에 울긋불긋한 꽃잎
다소곳이 흑백 세상을 바라보며
상처 난 하늘에
빨간약을 붙인 듯
꽃잎 하나 유리창에 매달리고
은은한 향기는
암울한 마음에서 대롱거린다.

그가 내민 손은
꼭꼭 닫는
빗장의 틈새에서
웃음꽃 한 송이 피우고 있다

김희영 시인

난초를 치다 / 김희영

넓고 하얀 화선지 위에
일필휘지 획을 긋는다
우리의 삶이
연습 없이 한 번에
살아내야 하듯이
한 번의 획으로
한 잎의 삶을 그린다

삶의 험난한 길
그 길을 넘어선
인생의 황혼 앞에 선 무상함
숨어 펼쳐 든 생명의 경전
이끼 낀 여백에 획을 긋는다

자유로움이 절제된
생명이 꿈틀거리는
시간의 궤적

시선으로만 담을 수 없는
젊은 자연
푸른 심장 속으로
내가 지나쳐 온 길
뒤돌아보건만
비틀거리는 한 줄기 획

살아온 날
정지된 시간에
번지는 먹물
오늘도
신중한 하나의 획으로
꽃 피울 내일을 기다린다

목련꽃 그늘 / 김희영

사월 어느 날
가슴에 파고드는 바람으로 와서
꽃향기 품고 떠나버린 사람.

지친 그리움으로
하얀 미소 벌어진
목련꽃 그늘에 앉아
휘파람 소리를 듣는다.

눈을 감으면
볼에 닿는 따뜻한 온기는
바람의 연정 이런가
그대의 젖은 웃음 이런가
공허함에 슬픈 약속 이런가

문득 올려다본 하늘엔
그리움의 얼굴인 양
파르란 웃음 머금은 꽃잎 하나
사월 봄 여울로 떨어진다

김희영 시인

여름 휴가 / 김희영

내가 나고 자란 옛집으로 여름휴가를 왔다

동구 밖 느티나무에 매미 소리와
시냇가에서 물고기 잡는 아이들의 재잘거림은
그때나 지금이나 매한가지인데

목단 꽃보다 더 곱던 어머니 얼굴은
주름살이 쭈글쭈글 그 모습이 아니다

어렸을 때 우리 집은 아주 크고
추녀 끝도 높았는데
이제는 작고 낮아 보인다

뛰놀던 마당도 운동장 같았는데
왜 이리도 좁아 보일까

내가 빌딩 숲만 오고 가며
넓은 세상을 휘돌아다녀서
눈높이가 달라졌나 보다

두레박으로 우물물을 길어서 목물하고
선풍기 앞에 앉아 수박 한 입 베어 문다
신선이 따로 없다

늙어가는 어머니가 고향 집에 계시니
모든 것이 정겹고 푸근하다

열정 / 김희영

싸늘하게 굳어버린
얼음 조각처럼
밤새 불씨 하나 없이 싸늘한
냉가슴은 칼바람이다

갈피 잡지 못하는 마음
종이 위를 서성이고
창백한 무기력만이 애만 태우는
밤의 고독은
펜 끝에 시리다

타오르지 않는 불꽃은
홍역의 열꽃이라도 그리운데
밤새 속 타는 커피 향은
펜 끝에 춤추고

시리도록 비어있는 흰 종이에
잊었던 그리움 하나
점을 찍는다

컴컴한 어둠이 지나야
태양이 떠오르듯
절망이 있어야 피어오르는
뜨거운 희망

거세게 이는 바람에도
스러지지 않는 열정
밤새 하얀 종이 위에
까맣게 불타 오른다

김희영 시인

장미와 어머니 / 김희영

넝쿨 장미가
흐드러지게 핀 고향집
나뭇가지에 흔들리는 바람은
장미의 향기 전하는 오월이건만
내 마음은
포근한 온기 사라진 북풍한설이다.

환한 미소로
반겨주던 고운 님은
간 곳 없고
주인 잃은 장미만이
울 밑에서
뜰 안에서
슬픈 향기로 눈물 적시운다.

따스한 손길 없이
산발하게 피어나는 꽃은
서슬 퍼런 가시로 무장하고
화려한 빛깔에 숨긴 슬픔은
처연히 오월 하늘에
미소로 번지는데

화려한 것은
부러지기 쉽고
무너지기 쉽고
사라지기 쉽기에
가시 같은
앙칼짐을 숨기고 살아야 한다며
머리를 쓰다듬던
어머니의 손길은
오월 햇살 속에
잔인한 그리움으로 남아
심호흡 마디마디에 젖어든다.

시인 **박근철** 편

♣ 목차

1. 다름을 알아야
2. 그런 줄 알았습니다.
3. 사랑은 방랑자
4. 아가페 사랑
5. 가을에 떠난 사랑
6. 목각인형
7. 나는 그렇게 너에게 가는 거야
8. 부모가 만든 사랑의 길
9. 나는 그대의 어디쯤 있을까.
10. 욕심

🎵 시낭송 QR 코드
제 목 : 다름을 알아야
시낭송 : 김지원

박근철 시집
"그리움이 물든 산책길"

프로필

· 전남 여수 거주
· (사)창작문학예술인협의회 정회원
· 현)대한문인협회 광주전남지회 지회장

2013년
· 대한문학세계 시 부문 등단
· 5월 이달의 낭송 시 선정
· 특별 초대 시화전 출품작 선정
· 움터 영상 시화 발표
2014년
· 명인명시 특선시인선 선정
· 나를 캐어 너를 심는다. 우수작 선정
· 시집 "그리움이 물든 산책길" 출간
· 한 줄 시 장려상 수상
· 올해의 작가상 수상

2015년
· 유화에 시의 영혼을 담다 선정
· 대한문인협회
      명인명시를 찾아서 아트티비 출연
· 현) 화정면 지역사회보장협의체 위원
· 한국문학 발전상 수상
2016년
· 특별 초대 시화전 출품작 선정
· kbc 화첩 기행 출연(2016.10.23)
            (시 개도로 오소 낭송가 낭송)

박근철 시인

다름을 알아야 / 박근철

사랑은 같은 색이 아니다.
상대의 색이 다름을 알고
인정하는 데에서부터 출발해야
이해와 배려가 생긴다.

상대의 색을 억지로 맞추게 한다면
그 색은 검어지고 만다.

사랑한다고 해서
똑같은 색을 가지는 것은 아니다.

행복하게 사는 부부도
부부라는 이름으로
바탕색을 칠하지만
서로의 농도는 다르다.

제목 : 다름을 알아야
시낭송 : 김지원
스마트폰으로 QR 코드를 스캔하면
시낭송을 감상할 수 있습니다.

그런 줄 알았습니다. / 박근철

꽃이 피나 비가 오나
당신 생각에
내 마음은 꽃피는 동산에서
사랑할 줄만 알았습니다.

긴 나긴 시간
꽃잎이 바람에
아파하는 줄 모르고
내가 행복하니 그런 줄 알았습니다.

필 때가 있다면
헤어짐의 순리인 것을
이제야 지는 해를 보고
눈물 자국 길게 흘러내립니다.

사랑은 방랑자 / 박근철

살아있는 생명은
왜 이리도 몸부림치며
생사의 문을 넘어서라도
사랑하려 하는가

온몸을 짜내듯
거친 호흡의 한마당
수정하고 나면 나뒹구는 허무
사랑이 무엇인가.

상대의 몸짓에서
마음 상하기도 기쁨을 얻기도 한
행위
살아 있음의 치유인가.
태고의 역사를 전함인가.

살아있는 것들의
또 다른 목마름, 사랑
채울 수도 채워지지도 않는
끝없는 방랑자

아가페 사랑 / 박근철

내가 검어질 때마다

매를 맞았다면

불구자요 사망자라

사랑하기에

인내가 필요했고

사랑하기에

오래 참음이 있었네.

가을에 떠난 사랑 / 박근철

가슴에 멍들어보지 않은 사람 있을까
뼛속에 스며드는 바람에 시리지 않은 사람 있을까

저 앞에 흔들리는 갈 때는 임의 사랑 묻지 못한 이내 가슴
피었다 지고 또 필 수밖에 없도록 남아있는 바람

청청 물들도록 말리지 못한 세월이
낮잠 자듯 꿈속으로 만들어버린 사람

되돌릴 수 없는 사랑이기에
가을 산처럼 하나둘씩 떨어뜨려야 하나

잊지 못한 찬바람 멍울진 가슴이
상강의 된서리에 구멍이 커져만 갑니다.

목각인형 / 박근철

그대를 그리다
점점 커져 버린 보름달처럼
가슴은 가자는데
도통 어디로 가야 할지
산 넘고 바다 건너
바람만 차갑게 느끼는
완성되지 못한 목각인형

그리움 태우다
수분을 머금고
비틀어지는 날이 오더라도
그대가 새겨준 사랑의 모습
담고 있는 목각인형
목각인형으로 살리라.

스스로는 사랑하지도
울지도 웃지도 못한
목각인형

박근철 시인

나는 그렇게 너에게 가는 거야 / 박근철

무엇을 하든지
너의 환한 웃음이
달려들어 안길 때
얼마나 기쁜지 몰라

달콤한 것도
아름다운 것도
내겐 달콤하지 않아
너만이 나의 세상이니까

벌이 꽃에 취해
분주한 것 같이
너를 만나러 가는
시간이 내겐 그래

화려한 네온사인
밤하늘 별들이
우인 되어 기뻐해
나는 그렇게 너에게 가는 거야

부모가 만든 사랑의 길 / 박근철

아이야 듣고 있느냐
부모가 부른 사랑의 노래를

아이야 알고 있느냐
부모 되어 행한 사랑의 길을

그 길을 따라가다 보면
너도 사랑의 길을 가고 있는 것을

아이야 한번 돌아보아라.
안고서는 동안 굽어진 소나무를

바람에 닳고 달은 억새꽃
너를 위해 마지막 젖을 짠다

아이야 내 사랑하는 아이야
사랑의 길을 너도 가려무나.

나는 그대의 어디쯤 있을까. / 박근철

오늘따라 몰아친 바람에
옷고름 풀려버린 가슴 된
허한 마음이 고독해진다.

길가 가시덤불에 산새
지저귀며 날개인 모습에서
정다웠던 날들이 입가에 뜬다.

바람에 석양은 재를 넘고
나는 청석포 바닷가에서
먼 수평선에 그대를 포효할 새

뉘엿뉘엿 서산 해도 둥지 찾건만
그리움으로 꿈틀대는 나는
그대의 어디쯤 있을까.

욕심 / 박근철

사람이 산다는 것이
많은 것을 가지고 싶어
빨아들이는 블랙홀

누구 하나 만족하는 이 없고
초로의 삶도 욕심이라는
세속에 비틀 되다
꺼이꺼이 비워지니

욕심은 짓밟아 놓은 진흙 같아
달라붙고 엉겨
살아생전 떼어 놓을 수 없는
하나같이 이유 있는 말

시인 **박기만** 편

♣ 목차

♪ 시낭송 QR 코드
제　목 : 멋진 편지
시낭송 : 박순애

시작노트

메마른 땅에 촉촉한 단비처럼
나의 노래가 건조한 사람들에게
따뜻한 마음으로 전할 수 있으면 합니다.
한 방울, 두 방울의 비가
물줄기를 만들고, 강물을 이루어,
바다를 이루듯이
한줄 한줄 이어지는 소박한 마음이
누군가에게 위안이 되는 시가 되어
외롭거나 슬플 때
찾아와 같이 부르기를 소원합니다.
사랑합니다.

봄바람 / 박기만

바람이 분다
개울가 수양버들 개비에
물오르니
봄바람이 분다

떨어지는 벚꽃잎 사이로
여인네들 걸어간다
떨어진 꽃잎이 다치려나
걸음걸이 나비같이

바람결에 날리는
벚꽃잎 따라
여인네들 치맛자락
물오르듯 날린다

여인네의 가슴에
불어온 봄바람은
활짝 핀 벚꽃마냥
숨죽이며 웃는구나

벚꽃 만발한 들녘에서
봄바람에 풍겨오는
여인의 향기에 취해
강 언덕을 걷는다

멋진 편지 / 박기만

무언가
새것이 생기면
의욕을 갖게 하는 것 같아

오늘 친구로부터 샤프펜슬을
선물 받았지
꽤 고급스래 보이는 샤프

새 펜이 생기니까
뭔가 쓰고, 지우고
또 쓰고 막 그러고 싶어

펜을 선물하는 마음에는
내가 느낀 그런 마음까지
선물한 것 같아

오늘은 이 샤프로
예전엔 미처 생각지 못한
멋진 편지를 써야지

제목 : 멋진 편지
시낭송 : 박순애
스마트폰으로 QR 코드를 스캔하면
시낭송을 감상할 수 있습니다.

바다 / 박기만

철썩 철얼썩
파도가 밀려오는
바닷가에 서서
파도가 삼켜버린
수평선을 바라보고 있다

어머님 품 같던 푸른 바다
무슨 일이 있기에
가여운 돛단배를
단숨에 삼킬 듯
드세게도 덤벼드는구나

저리 거친 성냄도
누가 속마음을 알아주랴
누군들 그렇게 살고 싶냐고
목 놓아 우는 소리 들으며
내도 함께 소리 질러본다

삼켜라 다 삼켜버려라
산산이 부서진 마음에
버리고 모두 버려서
비우고 또 비워서
잔잔한 호수가 되리라

박기만 시인

그리움 / 박기만

마음이 마음으로
전해지지 못하면
그리워도 그리움이라 말 못한다

봄바람에 떨어지는
벚꽃 잎처럼
하염없이 떨어져 버리면

그리운 마음
영영 전하지 못할까 봐
내 가슴이 조여 온다

바람아 불어다오
바람에 띄워 이 마음 전하면
사랑으로 꽃피려나

꽃향기 따라
그리운 마음 전해지면
내 가슴에 사랑이 앉기려나

그대와 같이 걷던 길에서
떨어지는 벚꽃잎같이
오늘도 그리움이 떨어진다

바람아 불어다오
바람결에 그대 마음이
내게로 오면

당신의 향기 찾아
찻잔에 가득 담아서
내 마음에 사랑으로 남긴다면

당신을 향한 그리움
애끓은 마음 전할 수 있으니
그대 내게 오시려나

덩굴장미 / 박기만

연초록빛의 산과 들녘이
서서히 녹음이 짙어갈 때
남한강 변 따라 상진리에 이르면
장미꽃 터널을 이루며 만개한
빠알간 덩굴장미가
햇빛을 받으며 유혹의 미소를 던진다

덩굴장미 터널 속에서
그녀의 향기와 빛깔에 취해
눈을 감으면 은은하게 들리는 듯
'수요일에는 빨간 장미를' 노랫소리
첫사랑의 고백이 떠오른다

이렇게 고운 자태 뽐내려고
섣달 열흘 인고(忍苦)한 네가
이토록 아름다운 신록의 계절에
내 가슴을 울리는구나
백만 송이 덩굴장미 마음에 안은 채
그리워할 가슴이
남아 있을 때가 마냥 행복하구나

연정(戀情) / 박기만

지나간 날의
젊은 시절 기억들 속엔
항상 당신이 있지요

당신 때문에
많이 힘들었지만
당신을 미워할 수 없네요

세월이 흘러가면
마음은 변하게 되지요
이유와 변명들이 있지만
조금씩 아주 조금씩

그렇지만
당신은 미워할 수 없네요
나의 행복했던 기억 속에
당신이 있었기에

연(蓮) 같은 사랑이어라 / 박기만

바람 따라 출렁이는
연잎들 사이로
우뚝 선 송이송이 연꽃
멀리서도 은은한 맑은 향기에
너의 참모습을 보는구나

진흙탕 속에서 태어나
풀잎 위에 새벽이슬처럼
더러움에 물들지 않고
오히려 그들을 맑게 해주는
담백한 사랑이여

둥그런 넓은 잎처럼
어디에도 머무르지 않고
마음을 비우듯
차고 넘치면 미련도 없이
유연하게 비우는구나

바람이 불어
부러질 듯 넘어지고
뒤집혀도
파도를 타듯 넘실대며
춤을 추는 듯이 아름답구나

편지를 보낸다 / 박기만

구름 한 점 없는
청명한 가을
투명한 가을 햇살 담아
편지를 보낸다

비가 오면
그 빗소리로 따라
흐르는 눈물로 쓴
편지를 보낸다

눈이 내린 들녘
천지가 순백으로 눈부실 때
하얀 마음 담아
편지를 보낸다

피어나듯 진한 커피 향
헤이즐넛 향기에 취해
피어나는 내 마음 띄워
편지를 보낸다

혼자 보는 영화지만
감동으로 눈물이 날 땐
그 감격 순수함으로
편지를 보낸다

꽃 빛이 고와서
숨이 차 넋을 잃더라도
그 아름다움으로
편지를 보낸다

망향(望鄕) / 박기만

새벽에 까치가
유난히도 울어 댑니다

누가 오려나
하늘을 바라봅니다

무심한 저 구름 사이에
그대 보일까

고향 하늘 보며
오늘같이 투명한 날에

보고 싶다
눈물이 날 것 같습니다

한 많은 가슴에서
뜨겁게 분화되어

길 잃은 기러기마냥
울고 섰습니다

싱그런 바람만이
그대 향기 놓고 갑니다

박기만 시인

발자취 / 박기만

간밤에 눈이 왔어요
함박눈이 내렸어요
세상은 온통 백색 천지가 되어
순결함을 뽐내지요

나는 오늘도
저 눈길을 걸어가고
내가 지나간 자리는
발자국이 남겠지요

만약 내가
바르게 걷지 않으면
내 뒤 따라 오는 많은 이들
내 자취 따라올 텐데

행여나 비틀거리며 걸을까 봐
조심하고 정신 차려
똑바르게 걷습니다
마치 내 인생의 정표(旌表)처럼

시인 **박순애** 편

5. 이루지 못한 사랑 이야기
9. 코스모스 피는 곳에

♪ 시낭송 QR 코드
제 목 : 여심 하나
시낭송 : 박순애

프로필

· 대한문학세계 시 부문 등단
· (사)창작문학예술인협회 총무국장
· 대한문인협회 대전충청지회 정회원
· 대한시낭송가 협회 사무국장
· 문예창작지도자 자격증 취득
· 시낭송지도자 자격증 취득

〈수상〉
· 대한문인협회 한국 문화 예술인 금상 수상
· 대한문인협회 한 줄 시 공모전 동상 수상
· 대한문인협회 순우리말 글짓기 금상 수상 (2016년)
· 대한문인협회 이달의 시인 선정
· 대한문인협회 금주의 시 외 다수 선정
· 2017 명인명시 특선시인선 선정

현대시를 대표하는 특선시인선. 233

박순애 시인

가끔은/ 박순애

햇볕이 쨍쨍 내리쬐는 여름날
냉방이 잘 되는 버스를 타고
종점여행을 해 보고 싶은 날이 있습니다
뒤로 달아나는 거리를 혼자서 즐겨도 좋고
둘이서 이야기를 나누며 가도 좋겠습니다

가끔은 코미디 영화를 보고
혼자서 미친 듯이 웃고 싶을 때가 있습니다
아니 둘이서 마주 보며 맘껏 웃고 싶습니다

바닷가 모래사장을
맨발로 걸어 보고 싶고 뛰어도 보고 싶고
모래 위에 사랑한다는 글도 써보고 싶습니다
양손에 신발을 들고 걸어도 괜찮고
둘이서 손잡고 걸으며
아름다운 밀어를 속삭여도 좋겠습니다

정말 가끔은 모든 것을 던져버리고
무작정 떠나고 싶을 때가 있습니다
혼자서 발길 닿는 곳으로 가도 괜찮고
연인과 함께여도 좋겠습니다

일상에서 벗어나
그렇게 살아보고 싶습니다
가끔은

고백 / 박순애

텅 빈 가슴에 처진 어깨 들썩일 때
따뜻한 손길로 다가온 당신과
우연한 만남이 있었지요

사랑이 많은 당신은
갈 길 몰라 방황하는 저를
넓은 가슴으로 보듬고
갚을 수 없는 사랑을 주셨지요

사랑한다는 달콤한 속삭임에
어느 날부터인가
당신이 궁금해지기 시작했고
당신의 뜨거운 사랑으로
차가운 마음에 온기가 돌았습니다

두렵고 떨리던 마음은
당신의 부드러운 사랑으로
기쁨과 행복을 느끼며
평안을 찾게 되었습니다

우리의 소중한 만남은
영원한 사랑으로 이어졌고
나의 전부가 된 당신께 고백합니다
당신을 사랑합니다

멈춰버린 시계 / 박순애

반평생을 관절염에 시달리신 어머니
고통에 힘겨운 흔적들을
울퉁불퉁한 손가락 마디마다 새겨 놓으셨다

앙상한 손목에
고명딸이 드린 금빛 시계를 차고
세상에서 가장 값진 시계인 줄 아셨다

시계가 닳을까 아끼며
하루에도 수없이 바라보신 것은
시간이 아닌 사랑이었다

어머니의 심장이 차가워진 그 날
빛을 잃어 온기조차 없는 시계는
초침마저 멈춰 세우고
뜨거운 오열을 삼켰다.

백련의 향기처럼 / 박순애

해 맑은 눈동자에
볼우물 가득
고운 미소를 채우는
나의 사랑아

봉긋하게 솟아오르는 가슴에
우아하면서도 기품 있는
너만의 색깔과
너만의 아름다움으로

바람의 몸짓에 기쁨이 되고
아픔이 있는 곳에 희망을 주는
온화하면서도 아름다운
아주 특별한 향기가 되어 주오

혼탁한 물속에서도
순결하게 피어
세월이 흘러도 변하지 않는
백련의 고귀한 향기처럼

이루지 못한 사랑 이야기 / 박순애

꽃무릇 피어오르면 생각나는
슬픈 사랑 이야기

기다란 목 곧추세우며
붉은 치마폭에 싸여 있는
사연을 들어 보라고 손짓한다
남들은 너울너울 춤을 춘다고 하지만
어깨 들썩이며 흐느끼고 있는 것이라고

살며시 흐르는 눈물 감추며
비밀스러운 이야기 들어 보라고 눈짓한다
예쁜 꽃이 향기가 없다고 말하지만
아픈 사랑 때문에 열매를 맺지 못해서라고

어둠이 내리도록 만나지 못해
목에 선 핏발 터트려 붉은 등불 밝히고
울다 울다 지쳐 스러지면
뒤늦게 찾아오는 안타까움

일 년에 한 번 만나는
견우와 직녀보다
더 슬프고 가슴 아픈 사랑

여심 하나 / 박순애

까치밥 하나
나뭇가지 끝에서 그네를 탄다

갈잎의 친구를 떠나보내고
쓸쓸함을 바람에 의지해 보지만
힘겨운 몸짓은 휘청거리기만 한다

주홍빛으로 타오른 열정은
찬 서리에도 꽃이 피었다

오늘 붉은 노을이 보이지 않는 것은
내일 찬란한 일출을 보여주려 하나보다

까치는 오늘도 하나 남은 그리움을
먹지 않았다

제목 : 여심 하나
시낭송 : 박순애
스마트폰으로 QR 코드를 스캔하면
시낭송을 감상할 수 있습니다.

풋사랑 / 박순애

햇살 뜨거운 날에
사과 한 입 베어 물었다
물이 오르지 않아
지난여름의 풋풋한 맛 그대로다

찬바람 맞으면서 꽃망울 지켰고
이별의 아픔 이겨내며
예쁜 꽃도 피웠다

새콤한 맛이 나든지
달콤한 맛이 나든지
계절이 바뀌면 맛도 제법 들 텐데
사과는 아직도 맛이 들지 않았다

헐렁하게 살아가기 / 박순애

틈새로 고개를 내민 꽃을 보았다

작은 틈을 내어준 벽은
자신을 지키려는 빡빡함 속에서
비바람을 견뎠다

누군가가 그랬다
헐렁하게 사는 것이
치유하는 것이라고

고정된 틀을 깨고서야
꽃이 보이고
바람의 향기도 알았다

박순애 시인

코스모스 피는 곳에 / 박순애

하늘거리며 손짓하는 너에게
한걸음에 달려가 입맞춤한다

다정한 얼굴, 가녀린 몸매

가을을 안고 온 너를 만나면
어린 손가락으로 톡톡
눈물보를 터뜨렸는데

지금은
사랑스러운 네 향기가
눈물보를 간질인다

너와 키 재기 하던 그곳에는
순수함이 있고, 정겨움이 있고
따뜻한 사랑이 있었지

가을이 되면
그곳에 가고 싶다.

가을 타기 / 박순애

나뭇잎 사이로 걸터앉는
낙엽 하나

놓치고 싶지 않았는데
많은 것을 잃고 지워버렸다

남기고 싶지 않은 흔적들
후회 없이 살아야지

등불 같은 내 마음도
가을을 보내기 싫은가 보다.

♣ 목차

♪ 시낭송 QR 코드
제 목 : 華詩夢(화 시 몽)
시낭송 : 박영애

프로필

· 대한문학세계 시 부문 등단
· 대한창작문예대학 졸업
· 문예창작지도자 자격 취득
· 시낭송지도자 자격증 취득
· 현) (사) 창작문학예술인협의회 이사
· 현) 대한시낭송가협회 회장
· 현) 대한문학세계 편집위원
· 현) 대한문화예술방송 아트티비
　　　'명인명시를 찾아서' MC
· 현) 동화구연, 시낭송 교육강사
· 현) 대한창작문예대학 지도 교수
· 현) 시낭송 지도자 과정 지도 교수
· 현) 한 줄 시 공모전,

　순 우리말 글짓기 전국 공모전 심사위원
〈수상〉
· 시낭송대회 대상
· 대한문인협회 한국문화예술인상
· 대한시낭송가협회 국회의원 특별상
· 대한문인협회 한국문화예술인 대상
· 대한문인협회 한 줄 詩 공모전 은상
· 박경리 전국 시낭송대회 특별상
· 대한문인협회 한 줄 詩 공모전 은상
· 대한문인협회 올해의 시인상
· 특별초대 시인 유화 시화전 작품 선정
· 2014~2016 특별 초대 시화전 선정
· 2014~2016 "명인명시 특선시인선" 선정

華 詩 夢(화 시 몽) / 박영애

스러지면서
자신을 남김없이 내어 준 너는
햇살을 머금고서야
내게로 왔다

입 안 가득 퍼지는 너의 향기가
아침 이슬처럼 흔적을 남길 때
두 손 살포시 모아 받쳐 들고
너를 마신다.

빗방울에 맺혀 내게로 온 너와 함께 한다.
아!
달콤하다.

제목 : 華 詩 夢(화 시 몽)
시낭송 : 박영애
스마트폰으로 QR 코드를 스캔하면
시낭송을 감상할 수 있습니다.

박영애 시인

동행 / 박영애

가슴을 두드리는 초침소리가
기억의 서랍을 열었다.

처음 입학하는 날
큰 세상을 다 가진 것처럼
손목에 자리했다.

대학을 졸업하는 날
지금까지 나를 지켜주었던
너를 버리고 새로운 시간을 찾았다.

행복으로 걸어둔 시계는
분초가 서로 따라가듯
우리의 삶은 그렇게 새로운 시간을 맞는다.

잠들지 않는 시계는
째깍거리는 초침소리가 메아리 되어
또다시 새벽닭의 울음과 마주하고 있다.

시향에 삶을 누이고 / 박영애

컴퓨터 앞에 앉았다.

습관처럼 손가락의 움직임은
어우러진 삶이 울려 퍼지는 곳으로
향해 있다.

마음이 움직이는 데로
그 삶에 기댄 체 내어 맡긴다.

때로는 따뜻함에
지친 맘 위로받고

때로는 사무친 마음 담아
그리운 사랑도 전해주고

때로는 희망 가득 담아
환한 웃음 짓게도 한다.

그러나

오늘은
종이에 스며든 잉크처럼 흐르는 눈물은
마음 깊이 얼룩진 흔적을 남긴다.

박영애 시인

가난한 시어 / 박영애

삶의 고뇌를 토악질 한다.
생각의 열차는 간이역으로 떠나고
텅 빈 갱지에는
난삽한 언어만이 어지럽게 춤을 춘다.

손 내밀면 멀어지는 언어는
허공을 떠돌고
까만 먹물로 내려앉은 언어는
내 것이 아닌 허상으로 가득하다.

고요와 적막의 터널
어둠속에 허기진 언어
소리 내어 뱉어보지만
한 줄기 빛에 스러진다.

순간의 삶도 승차하지 못하고
떠돌던 언어마저 하차해버린 간이역.
허파를 파고드는 간절함만이
시린 종이에 파릿하게 앉았다.

삶의 언어를 찾지 못한 열차는
애타는 갈증으로 밤새 기찻길을 떠돌고
굶주린 언어에 먹물은 까맣게 말라만 간다.
여명의 스러진 죽은 언어를 안고서....

피반령 고개 / 박영애

유난히 바람이 차갑게 불던 날
이름도 모른 채 너를 만났다.
굽이굽이 휘어지는 미로 같은 너를 따라가면서
알 수 없는 적막감과 두려움이 나를 휘감았다.

차츰 시간이 지나 너를 알게 되었다.
이름은 피반령 고개
해발높이 360미터
아름다운 사계절의 멋진 풍경
청주와 보은을 연결해주는 소중한 통로다.

그런 네가 언제부터인가
삶 속에 깊숙이 자리했다.
철마다 형형 색깔의 아름다움을 선물해 주었고
기쁨과 슬픔을 함께 나누며 지친 삶을 위로해주고
열정적인 꿈과 삶을 향해 달릴 수 있게 해주었다.

너를 만나 두렵기도 했지만
지금 나는 너와 함께
삶을 동행하고 싶다.

박영애 시인

민들레 날다. / 박영애

흰 이불을 덮고 잠자던
노란 꽃잎이 이불 사이로
얼굴을 내밀었다.

잠에서 깨어난 자그마한 꽃잎은
노란색 꽃도 되고,
하얀 솜사탕도 되다
구름처럼 피어 날린다.

솜털처럼 여린 사랑을
하얀 그리움에 사랑으로
바람이 실어 나르면
내 마음도 덩달아
사랑을 실어 나른다.

쇠똥구리의 희망 / 박영애

더러움을 마다하지 않는다,
행복한 웃음을 위한 발걸음
소똥이든
말똥이든
기꺼이 육신이 쇠진할 때까지
운명처럼 동행한다.

앞이 보이지 않아도
나보다 더 큰 행복의 자양분을
고통의 길 위에 굴린다.

깨지기도 하고 버려야 하는 아픔도 있지만
내게 주어진 굴레라 여기며
포기하지 않고 묵묵히 그 길을 간다

더럽다 손가락질 받아도 상관없다.
아이들의 소중한 웃음을 만들고
행복의 울타리를 만들기 위해서라면
이 한 몸 오물로 뒤집어쓴다 해도
피하지 않을 것이다.

오늘도 똥을 굴린다.
오물을 뒤집어쓰고
행복의 문턱을 넘어
아이들의 웃음이 머문 그곳으로 향한다.
그것이 어미의 숙명이기에

내 짝꿍에게 보내는 마음 / 박영애

하루를 뉘이고 오늘을 보내는 밤
당신은 어김없이 오늘의 지친 삶의 토악질을 하고 있습니다.

내 삶에 지쳐 당신을 미처 바라보지 못하던 때
당신이 품어대는 삶의 푸념에
피곤함은 메말라가고 휴식은 사라지기에
내 뱉었던 나의 언어는 날카로운 비수가 되어
당신의 심장에 꽂히기도 했습니다.
그때는 당신의 코골이는 그저 시끄러운 소음이었습니다.

언제부터인가 알게 되었습니다.
하고 싶은 말 못하고 억눌린 감정들을 무의식으로
풀어내는 한의 소리를 담고 있다는 것을.

울림이 심한 날은 힘겨운 당신의 하루를 엿보았고
쌔근 거리는 날은 당신 마음의 여유를 느낄 수 있었습니다.
소리가 들리지 않은 날은 혹시나 하는 마음에
마음을 쓸어내리기도 했습니다.
이제는 조금 헤아릴 수 있을 것 같습니다.

고단함을 눕힌 오늘 유난히 코골이 소리가 우렁찹니다.
아버님과 마지막 이별을 뒤로하고 숨죽여 울던 당신!
한 맺힌 울음소리에 지난 삶의 고단함이 묻어나
마음이 아프고 눈물이 납니다.
오늘따라 잠든 당신의 모습에서 아버님이 보입니다.

가슴의 응어리 모두 감추고 행복한 미소 짓는 당신.
당신의 한숨이 가족의 근심이 된다는 것을 알기에
오늘도 당신은 가슴에 쌓인 설움을 토악질하고 있습니다.

미안합니다.
고맙습니다.
그리고 내 삶의 동반자가 당신인 것이 감사합니다.
당신을 사랑합니다.

박영애 시인

아직은 / 박영애

당신이 이 세상 떠나던 날
그 슬픔은 눈이 되어 내리고
내 마음을 얼게 했습니다.

흐르는 시간 속에
내 심장은 멈춘 듯 뛰지 않았고
초점 없는 눈은
먼 허공만 바라보았습니다.

망부석이 되어
흔들림 없이 나만을 바라보고
사랑하겠노라 고백하던 당신

그 사랑을 감당할 수 없어
환한 웃음 대신
당신을 외면하며 아프게 했던 순간들이
한없이 후회스럽습니다.

아직도 나는
당신을 보낼 수 없기에
마지막 가는 길 배웅하지 못하고
가끔,
주인 없는 전화번호에 메시지를 남깁니

잘 지내고 계시지요
보고 싶습니다.

시인 **박정재** 편

♣ 목차

♪ 시낭송 QR 코드

제 목 : 밤톨 삼 형제
시낭송 : 최명자

프로필

· 호 석우(石友)
· 서울 거주
· 1937년 5월 25일 탄생
· 대한문학세계 시 부문 등단
· 2015년 4월 시 부문 신인문학상 수상(가을 그리움)
· 2015년 7월 4주 금주의 시 선정(연꽃에 붙여)
· 2015년 대한문인협회 서울인천지회 동인지
· "들꽃처럼 제 2 집" 공저
· 2016년 명인명시 특선시인선 선정
· 2017년 명인명시 특선시인선 선정
· 2016년 순우리말 글짓시 전국 공모전 동상 수상
· (사)창작문학예술인협의회 정회원
· 대한문인협회 서울인천지회 정회원

보고 싶은 얼굴 / 박정재

하늘을 쳐다봐요
하늘에 투영된 너를
볼 수 있도록

바람에 소리를 실어 봐요
바람에 실려 오는
너의 음성을
들을 수 있도록

호수를 바라다봐요
호수에 일렁이는
미소 짓는 너의 얼굴을
볼 수 있도록

비 오는 날 비를 맞아요
비에 스며든
너의 체온을
내가 느낄 수 있도록.

가을 가슴앓이 / 박정재

천고마비
고추잠자리 나래 짓하는
높푸른 하늘 가을에
한없이 펼쳐지는 파노라마
그리운 추억들

가슴앓이는 첫사랑
목이 메는
멀고 먼 이별의 아쉬움
보고파 하면서도
그냥 지나치는 친구들

미안한 마음만 한 아름 안고
또 이렇게
올가을도 보내고 마는
난 가슴앓이를 한다

박정재 시인

그리운 추억 / 박정재

가을 산과 들에는
갈바람이 단풍잎을 흔든다.
그리운 추억 바람에 실어
무지개 단풍잎에 걸었다.

가을에는
파아란 하늘 가을 호수다.
그리운 추억 구름 돛단배에
넘치도록 가득 실었다.

가을에는
친구가 더 그리워진다.
친구여 단풍잎을 보렴
친구여 하늘을 쳐다보렴

너와 함께한 추억
단풍에 매달려 춤을 추고
구름에 실려 출렁대는
내 그리움 볼 수 있으리라

밤톨 삼 형제 / 박정재

무더운 여름 엄마의 품속에서
토실토실 자란 밤톨 세쌍둥이
엄마 가슴 얼린 틈 사이로
세상 구경을 하고 있다

혹시나 누가 해칠까 봐
가시 포대기로 곱게 싸서
애지중지 키운 세쌍둥이 밤톨
세상에 보낼 준비를 한다.

자연의 순리에 정해진 순서
때가 되면 헤어져야 하는
모자의 정이 아쉽겠지만
이것이 순리인 걸 따를 수밖에

떠나는 자식 또한 언젠가는
되풀이되는 자연의 순리를
거슬리지 못하는 순간이
오고 말 것을 알고 있다

제목 : 밤톨 삼 형제
시낭송 : 최명자
스마트폰으로 QR 코드를 스캔하면
시낭송을 감상할 수 있습니다.

박정재 시인

내 고향 유월 / 박정재

넓은 들 무논에는
심은 모 줄지어 자라고
물 위로 내민 큰 눈으로
짝 찾기 분주한 개구리
소리 높여 목청 돋우는 시절

고샅길 울타리에는
미모 자랑하는 덩굴장미
흐드러지게 얼굴 내밀고
동산 무성한 소나무
하늘 향해 송화 내미는 시절

논두렁 밭두렁에
피어 있는 야생화는
어제나 오늘이나 한결같이
고향 땅 지키고 있는데
가물가물 사라지는
내 가슴 속
유월의 고향이어라.

진달래꽃 부친 편지 / 박정재

등산길 여기저기에
곱게 피어 있는 진달래꽃
제일 곱게 핀 꽃잎에
내 마음 살포시 놓고 왔소.

그대 혹여 산에 가서
곱게 핀 진달래꽃 보시거든
그 꽃잎에 놓고 온 내 마음
그대 눈에 보일 것이외다.

진달래꽃 지기 전에
내 편지 보지 못하시면
내년에 피는 진달래꽃에
내 마음 다시 또 보내리다.

수선화 / 박정재

차디찬 땅 밑에서
고독을 참으며 기다린
환생의 봄날을
얼마나 기다렸을까

찬바람 가시기 전인데
파란 잎 꼿꼿이
땅 위로 솟아올라
하늘 향해 목을 쳐들어

노란 눈망울 크게 뜨고
두리번거리는 그 몸부림
오매불망 그리던 사랑을
찾아 헤매는 애달픔이여

나 그대의 동무 되어
그대 애달픔 달래리다.

나팔꽃 인생 / 박정재

해가 뜨면
담장 울타리에 고개 내밀고
날이 밝았다고
동네방네 풍악 울리고

해가 지면
불던 나팔 슬며시 감추는
나팔꽃 악단
담장 울타리에서 찾을 수 없네

아침에 피었다가
저녁에 지는 나팔꽃 인생
한 세상 살다 가는
우리가 바로 그 인생

길고 짧은 것
자연의 오묘한 현상인데
사는 세상이 달라
길고 짧음이 있을 뿐이네

박정재 시인

한겨울의 꿈 / 박정재

찬바람 세차게 불면
모든 옷깃 여미고
주름진 얼굴도
옷깃 속에 꼭꼭 숨기네.

얼어붙은 산과 들
봄바람에 녹는 날을
기다리는 삶의 힘이
겨울 추위를 잊게 하고.

하루가 지나고 또
한 밤을 자고 나면
목련꽃 봉오리 부풀겠지
한 겨울의 꿈이 있어
기다림의 삶을 지키네.

그리움 / 박정재

내 마음 빈자리에
항상 들어와 웃는 너
너의 모습 함께 하면
그저 즐겁기만 하네

만날 수도 없지만
만날 것만 같은 착각
이것이 그리움인 걸
이제 겨우 알았네.

그리워할 시간마저
점점 짧아져 가는데
내 마음 빈자리에
잊지 말고 찾아오게.

시인 박희자 편

♣ 목차

🎵 시낭송 QR 코드
제 목 : 벚꽃 축제
시낭송 : 박태임

프로필

· 부산 사하구 거주
· 대한문학세계 시 부문 등단
· (사)창작문학예술인협의회 정회원
· 대한문인협회 부산경남지회 정회원

· 2016 명인명시 특선시인선 선정 공저
· 2015년 "유화에 시의 영혼을 담다" 공저

· 대한문학세계 2015년 신인문학상, 올해의 시인상
· 한국방송통신대학교 부산지역대 < 낟가리문학상 > 가작
· 대한문인협회 3월 낭송시 선정
· 대한문인협회 5월 좋은 시 선정
· 대한문인협회 2016년 순우리말 글짓기 전국 공모전 장려상
· 2017 명인명시 특선시인선 선정

겨울비 / 박희자

그림자 길게 세운 겨울날
가뭄의 건조함 위에서
신(神)처럼 비가 내립니다

지나가는
차가운 바람 소리에
성긴 등가죽을
덮지 못한 채
서성 되는 나목처럼
빨갛게 속살 드러낸
그 사이로
빗물의 냉기가
굽이치며 흘러내리고
서러운 가슴 저려 옵니다

계절의 인연 따라
이 또한
시간이 지나면
더 맑은 눈으로
그대를 바라볼 수 있는
또 다른 나의 눈이 되겠지요

대지가 갈증에
몸부림을 칠 때
시간을 당겨온
보드라운 겨울비가
촉촉한 채움을 내려두고
실비단처럼
소리 없이 지나가네요

박희자 시인

어시장 초매식 / 박희자

솟는 해 물결 따라
찬란히 황금빛 내리고
어시장 새해 아침
초매식은 손님들을 부른다

바다를 울림 하는
풍물놀이 흥겨움 따라
들썩들썩 춤추는 고깃배들
푸른 바다 우러러
새해 새 기운으로
풍어의 꿈 한가득 싣는다

오래전부터 바다와
하나 된 사람들의 전설처럼
목청을 돋워 외치는
우렁찬 생명의 소리는
수평선 넘어 망망대해를 달린다

새해 경매장 디딤돌은
잠들었던 바다를 흔들고
우렁찬 뱃고동 소리는
야단스럽게 부웅부웅
새해 새 아침을 알린다.

초매식(初賣式) : 첫 위판(경매)경매에 앞서 풍년 풍어와 무사안녕을 기원하는 의식.

새봄이 되었어요 / 박희자

깊은 계곡
쏟아지는 고운햇살
산모퉁이에서 겨울 쫓는 소리에
잠 깨어난 소나무들
파란 잎 흔들어
새봄이 되었어요

키 큰 고목 끝자락에서
겨우살이 넝쿨 섬
고운 치마폭 사뿐히 내려놓고
초록 잎 엽서 바람에 띄우니
새봄이 되었어요

버들강아지
하얀 깃털 곱게 세워서
숨어 있던 계곡물
찾아 부르니
새봄이 되었어요

내 마음에 불어오는
알싸한 숨은 바람
향기로 노래하니
희망의 새봄이 되었어요

박희자 시인

벚꽃 축제/ 박희자

구포 둑 30리 먼 길
아침 안개처럼
화르르화르르
하얀 꽃 섬을 이루고

그 아래 사랑의 강물은
또 하나의 포말을 일으키며
방울방울 피어나고 있다

열여덟 소녀의
까르르까르르 자지러지는
웃음소리는
활짝 핀 꽃잎 위로
연신 축포를 터뜨리고

더 하얀 속살이
봄바람에 보일 듯 말 듯
오목 볼 사이로
포동포동
봄이 흐르고 있다

제목 : 벚꽃 축제
시낭송 : 박태임
스마트폰으로 QR 코드를 스캔하면
시낭송을 감상할 수 있습니다.

걷노라니 비로소 보이는 것들 / 박희자

참으로 바쁜
동네 오지랖 그 양반
삼십여 년 내 짝지
공부한답시고
눈길 한 번 주기도 힘든 내가
오랜만에 서로에게 내어준
하나 된 마음으로 봄 위를 걷는다

산속에 들어서서
한참을 말없이 걷노라니
제법 친한 척
어깨동무 셀 컷도 하고
좋아하는 아이처럼
슬그머니 손끝을 잡는다

희뿌연 안개 쫓는 봄바람은
부채질에 허리 휘는 줄 모르고
산모퉁이마다
고운 핑크빛 엷은 꽃잎
머리에 꽂고 잿빛 겨울 쫓는
진달래의 춤사위
뉘라서 촌스럽다 하겠는가

작은 꽃망울 터트려주는
노란 산수유의
보드라운 향기 마시며
바위 틈새 올라오는
이름 모를 산꽃들의 미소가
세월의 장난을 덮는다

피어오르는 새봄
걷노라니 비로소 보이는 것들

만추 / 박희자

가을밤
험상스러운 거친 바람
나뭇가지에 매달려 흔들고

도드라진 마지막 잎새들
밤새 후드득 떨어져 내린다

마알간 살갗 드러낸
앙상한 나뭇가지 사이로
스쳐 지나가는
칼바람의 차가움에

놀란 가슴
떠나는 가을이
큰 소리로 울고 섰다

기왕지사 가는 세월
가려거든 곱게 가고
오려거든 좀 더
멋지게 올 것이지

가도 오도 못 하는
겨울 닮아가는 가을밤
땅에 심은 촛불은
따뜻한 별을 닮으려 하는가

오월은 계절의 왕자다 / 박희자

오월은 계절의 왕자다
땅 끝 마을에서 몰고 온
무한 초록 하늘을 덮고
물 채우는 근육질 줄기마다
치솟는 청년의 힘처럼
창공 닮은 풀꽃 눈부심이다

오월은 계절의 왕자다
질풍노도처럼 밀려오는
초록 파도의 젊은 기개는
겨우내 성긴 가시 삭이고
나풀나풀 꽃잎을 얹는다

장미꽃 해맑은 빨간색
아카시아꽃 파스텔톤 하얀색
찔레꽃 따뜻한 연분홍색 만들어
마디마디 옹이진 묵은 계절의
차가운 상흔을 지우는
오월은 계절의 왕자다

이사(移徙) / 박희자

문밖을 나서면
어둠보다 먼저 달려와서
반겨주던 새벽 별들
산마루에 쪼롬이 서서
사계절 변함없이 인사하던 나무들
숲속 한가득 계절 따라
노래하던 새들의 맑은 교향곡
모두가 함께했던 오랜 친구들이다

지아비 직업 따라 짐 보따리
다 풀어보지 못한 채
집시처럼 이곳저곳 길 건너다녔던
젊은 날의 건설현장 살림살이
열두 번의 이삿짐을 내리던 날
몸도 마음도 함께 내려놓고
한여름 밤의 꿈처럼 흘러보낸
이십 년의 시간들이다

애틋하게 정든 것들을 남겨둔 채
어느 날 갑자기
가을 구름처럼 떠나고 싶은 마음들은
정듦을 밀어내고 이삿짐을 싸고 있다
이 가을밤
가까이 있는 이별을 먼저 알게 된 까닭인가
별빛 아래 귀뚜라미들보다 더 큰 소리로
야옹야옹 야야옹
고양이들이 밤새 울음 울고 있다

출근길 / 박희자

새벽 별 머리에 이고
새 하루의 길을 나선다

숲속에서 꽃 잠자던
부지런한 새들 잠 깨우는 소리
포로로 날갯짓 바람에
머루 빛 어둠이
슬그머니 달아나고 있다

여명은 걸음걸음
희미해져 가는 가로등 불빛을
등 뒤에 숨기고

텅 빈 아스팔트 위에서
달리는 자동차를 따라
하얀 경계선들이
앞질러 고개를 들고 있다

그래그래
그대와 내가 달려가는
낯설지 않은 그곳
오늘도 파도는
붉은 태양을 밀어 올리겠지

박희자 시인

선물 / 박희자

눈바람 내리는
차가운 겨울날

여름날의 햇볕을 당겨
사랑 한 땀
그리움 한 땀

고운 털실에 감은 정성은
살가움으로 가득하다

보드라운 열 손가락
마디마다
따스운 가슴을 심은
손뜨개 스웨터가
올올이 칼바람을 녹여낸다

더 없는 애틋한
천륜지정의 인연으로
도란도란 뜨개실에 코를 내어
함께 했던 고운추억들을 심은
곱디고운 내 아우의 사랑을 입고
긴 겨울을 내려놓는다

시인 **백설부** 편

🎵 시낭송 QR 코드
제 목 : 사랑은
시낭송 : 김지원

시작노트

내뜰로 찾아드는
봄빛은 특별함보다
진솔해서 좋다

내뜰로 찾아드는
봄빛은 화려함보다
소박해서 좋다

같이 어우러져도
이상하지 않은

언제나 함께
해왔던 듯한

편안함이 좋다
익숙함이 좋다

긴장을 풀고
일상의 지친

어깨의 무거운 짐을
잠시 내려놓고
편안히 쉰다

우리는 함께입니다 / 백설부

맑고 투명한 하늘에
시리고 서러운 마음을
곱게 풀어놓을 때도
우리는 함께입니다

갈색톤으로 물들어가는
이파리에 추억의 이름을
몰래 써놓을 때도
우리는 함께입니다

지치고 힘든
육신의 혈관에
말간 수액이 침투할 때도
우리는 함께입니다

헝클어진 머리카락이
싹둑싹둑 잘려나갈 때도
우리는 함께입니다

이생의 마지막 그 순간에도
우리는 함께이길 바랍니다

사람을 사랑하는 일은 / 백설부

사람을 사랑하는 일은
마음이 천국이 되는 일입니다

모든 만물이 눈부시고
눈빛은 영롱한 이슬이 되고
천사의 날갯짓이 됩니다

사람을 미워하는 일은
마음이 지옥이 되는 일입니다

모든 세상이 어둠이 되고
눈빛은 베일에 가려지고
공포의 도가니가 됩니다

사람을 사랑하는 일도
사람을 미워하는 일도
자기 뜻대로 되지는 않습니다

아름다운 세상에
남을 미워하는데 허비하기엔
너무 안타까운 일입니다

차라리 미움이 사랑으로
바뀔 수 있다면 참 좋겠습니다

더 늦기 전에 / 백설부

살아가면서 소중한 것들을
소홀히 할 때가 많다

공기나 물처럼
당연시 여기면서
언제나 그 자리에 있을 거란
착각 아닌 착각을 하면서

정작 소중한 것을
알고 난 후에 후회하고
가슴 저미지 말라
그땐 이미 늦었노라

더 늦기 전에
깨달았을 때에

인생에 있어서
무엇이 더 소중하고
무엇을 더 중히 여겨야 할지
한 번쯤 되짚어보라

내면의 뜨락 / 백설부

사람을 만나고
허물없이 가까워진다는 게
두려웠던 적이 있다

나를 보여준다는 게
누가 나의 내면을
들여다본다는 게 무서웠다

그랬기에 늘 혼자였다
그게 당연하다고 생각했기에

언제부턴가 사람을 만난다는 게
기쁘고 설레기 시작했다

서로가 따뜻한 말 한마디로
특별한 존재가 될 수도 있음이
얼마나 놀랍고 훈훈한 일인가

이제는 내면의 뜨락에
고운 방을 꾸며 가며 산다

때로는 계절의 쓸쓸함도 논하고
때로는 인생의 쓴맛도 논하고
그렇게 그렇게 살고자 한다

사랑은 / 백설부

사랑은 사랑한다고
말하고 나면

이미 사랑이
아닐지도 모릅니다

목젖까지 치밀어 오르는
그리움으로 토할 것 같아도

가슴 문고리를
밤새 잡았다 놨다

손가락에 빨간
물집이 생기더라도

그저 멀리서
바라보기만 해도

서러운 게 사랑입니다
보고픔입니다

제목 : 사랑은
시낭송 : 김지원
스마트폰으로 QR 코드를 스캔하면
시낭송을 감상할 수 있습니다.

땅콩 사랑 / 백설부

얼마나 사랑했으면
한 마음 한 몸이 되어

사랑의 뙈리를
하나의 꼬투리에
다정하게도 틀었을까

하늘이 땅이
갈라 놓을까봐

땅속에서 몰래몰래
사랑을 꽃피웠네

먹기 좋게
쫘악 갈라지네

톨톨한 그물 모양의
황백색 꼬투리를 열면

입안에 쏘옥 넣어
씹으면 씹을수록

빨간 땅콩 두 개가
나란히 나란히

번지는 고소함에
자꾸만 땅콩에게

껍질을 벗기니
하얀 속살이

손이 가네
마음이 가네

백설부 시인

무심코 / 백설부

무심코 건네준
한마디 말이

어느 순간 희망의
홀씨가 되기도 하고

무심코 던져준
조그만 밀알 하나가

어느 순간 삶의
햇살이 됩니다

무심코 잡아준
따스한 손길 하나가

어느 순간 삶의
의미가 됩니다

무심코 하는 행동들이
타인에게 기쁨으로
전해지기도 하고

상처나 아픔으로
남기도 합니다

당신과 나의 거리 / 백설부

영롱한 빗소리가
내 귀를 멀게 합니다

세상에 당신과
나밖에 없는 듯한

기분 좋은 착각에
빠져듭니다

당신과 나의 거리는
불과 몇 미터 앞

그 거리를 좁히려고 할수록
멀어져만 간다는
현실이 슬플 뿐입니다

나란히 함께
할 순 없지만

마주 볼 수 있음에
감사할 뿐입니다

백설부 시인

간절하게 절실하게 / 백설부

마지막 마음이
첫 마음과 같은

빛깔일 수 있다면
얼마나 좋을까

부서지는 눈부신
아침햇살을 받으며

내 인생의 맞는
마지막 아침이라면

얼마나 시리게
눈물 나게 아름다울까

일분일초가
얼마나 간절할까

바람을 타고 고운 향기로
다가와 시시때때로

세포 하나하나를
흔들어놓는 가을이

마지막 가을이라면
얼마나 절실할까

매일매일을 이런
간절함으로 절실함으로
살아가고 싶다

두루 평화롭기를 / 백설부

유리창을 통해
우리가 원하는 만큼

안겨다 주는
가을 햇살이
익숙한 듯 낯익다

때로는 떠날 때
아름답게 떠나줌으로

두루 평화롭기를
바라는 마음이
선물이 된다는 걸

겸손함이 단단한
바위도 깰 수 있다는 걸

바람이 꽃을 더듬듯
존재만으로 기쁨이라는 걸
가을을 통해 배운다

시인 석옥자 편

♣ 목차

1. 홍매화
2. 낮달에 비친 낙엽
3. 숨은 별들의 추억
4. 삶은 아름다운 예술이
5. 가을의 물든 연인
6. 울타리와 장발 머리 찾
7. 사랑의 열매
8. 인생의 삶은 사계절이
9. 화분 갈이 비야!
10. 분홍빛 연가

♪ 시낭송 QR 코드
제 목 : 홍매화
시낭송 : 박영애

프로필

· 대구 거주
· 영진전문대학 사회복지학 졸업
· 대한문학세계 시 부문 등단
· (사)창작문학예술인협의회 정회원
· 대한문인협회 대구경북지회 정회원
· 2016년 11월 금주의 시 선정
· 우수작 선정 / 낭송시 선정
· 2017 명인명시 특선시인선 선정

〈수상〉
· 매일신문사 문인화 대상전 입선
· 한국현대미술대전 문인화 입선
· 대한민국미술대전 대상전 특선

〈저서〉 시집 "해 뜨는 태양"

석옥자 시집
"해 뜨는 태양"

홍매화 / 석옥자

홍매화와 개나리는
꽃들의 축제에 불타고 있다
흐드러지게 꽃망울 터트린
홍매화여.

꽃비가 내리면 꽃들도 울고
하늘도 운다.

꽃비는 하늘의 눈물이다
꽃이 아프면 꽃을 품은
산과 들녘도 아프다.

산들바람 흩날려 후루룩
낙화 되는 홍매화여.

안타까워 눈으로 주워서
내 마음에 담아본다.

제목 : 홍매화
시낭송 : 박영애
스마트폰으로 QR 코드를 스캔하면
시낭송을 감상할 수 있습니다.

낙달에 비친 낙엽 / 석옥자

가로수길 모퉁이
단풍이 곱게 물든 나무들
겹겹이 쌓인 낙엽이 나부끼며
차가운 바람에 시달리고 있다.

곱게 물든 단풍 사이로
허옇게 떠 있는 낙달은
하늘이 먹었는지
누군가가 먹다 남겼는지
주인 없는 반달의 모습이 외로워 보인다.

아슴아슴 움직이며 밤을 찾아
어디론가 떠나가는 길에
바람은 낙엽을 떨구고
하늘은 점점 높아지는 모습이
외롭지만 슬프지 않다.

언젠가는 떨어질 낙엽이
나를 보고 손짓하는 거리에 서면
바스락거리는 소리가
내 지나온 삶을 노래하고 있다.

숨은 별들의 추억 / 석옥자

연푸른 옷을 입던 그 추억 찾아갈까
가로등도 흐느끼는 가을 타는 여인처럼
낙엽 구르는 소리 바람에 젖는다.

애잔했던 그때 그 시절도 붉은 입술
드러내며 번뇌의 마음속에 불을 집히고
눈썹달이 떠 있는 슬픈 사랑 이야기를
어디쯤 있는지 구름 속에 가려졌나.

까만 밤 들이키는 저기 저 별들에 물어볼까
내 연푸른 사랑은 찾을 수 없어 길을 막는
그날의 추억은 어디에 숨어서 살고 있는지!

이제는 붉디붉은 노을이 발길을 잡아매고
그때쯤 푸른 마음 찾으려 지는 해를 밟으며
석양빛에 걸려 숨어서 흐느낀다.

삶은 아름다운 예술이다 / 석옥자

꿈틀대는 생명체 비단결보다 더 고운
연보랏빛 풀어놓은 순수하고 순결한 고귀함은
예술이 아닐 수 없습니다.

연푸른 잎을 띠고 태어나 도덕과 예의를 추구하고
삶에 둥지를 틀고 아름다운 대자연을 누리면서
꽃을 보고 마음도 정화 시키고 불타는 태양과 입맞춤하고

풍성한 마음으로 오곡을 받들어 겨우살이 준비에
마음도 분주하고 강가에 내려앉은 고운 노을에
젖은 옷 말리며 나이테는 숫자에 불과하다는
인생은 아름다운 예술입니다.

가을의 물든 연인 / 석옥자

깊어가는 가을밤!
들녘에 고개 숙인 벼에게 비가 내려
내 사랑하는 연인이기 때문에
아플까 봐 분홍우산을 받쳐줍니다.

어젯밤 구름이 집어삼킨 해는
아침 해를 토해내었습니다.
햇살이 고개 숙인 벼 이삭은
맑고 청결하게 닦아 줍니다.

윤기 흐르는 벼 이삭은 황금색 옷을 입고
고운 입술 들어내며 아침이슬 반짝이는 햇살이
사랑하는 내 연인 올 때까지 고독을 씹어 삼킵니다,

울타리와 장발 머리 찻집 / 석옥자

두둥실 춤을 추는 보름달이 반겨주는
울타리와 가로수 등불 지나 즐겁게도 씽씽 달려
한우 한 마리 구워서 포식자가 되었네.

빗줄기 사이사이 운치 있는 장발 머리 찻집에
아메리카노 유혹은 그윽한 향기 매료되어
달달한 담소는 찻잔에 담고
보람과 기쁨을 풀어서 느껴보는 지난밤.

빗줄기는 달을 품고 내려와 운치는
때를 맞혀 힘차게 내리는 아름다운 연주회
고상한 음악 소리 감상에 도취하고 울타리 장기자랑 즐거워라.

사랑의 열매 / 석옥자

그 덥던 여름 가고 어느덧
가을의 계절이 고개 숙인
벼들을 드높은 파란 하늘에
햇살이 내려앉아 사이사이
품은 벼를 따사롭게 익히려고
애쓰고 있는 모습이 생명줄
같은 엄마 품인 젖줄입니다.

입은 옷 벗고 알몸으로 하얀
속살 드러내어 다시 태어나 백미로
되기까지 숙연히 침묵하며 모든
이에 양식이 되어줄 준비를 하는
사랑의 열매 벼들의 알맹이입니다,

인생의 삶은 사계절이다 / 석옥자

인생 살다 보니 내 두 볼이 붉어졌다.
무심코 지나온 세월이 서산에 물든 황혼이
나를 부르는 소리가 바람이 되었다면 얼마나 좋으랴만

속절없이 흘러가는 세월 앞에 속일 수 없는
황무지의 주름인들 고울 수는 없고 인생 무상함을
누구에게 탓하랴 만

봄이 되면 꽃도 보고
가을엔 낙엽 지는 소리가 내 마음인 양 서러워
어디 살다 보면 제 눈의 안경이고
제 발에 딱 맞는 신발이 있으랴만

허전해서 울고 싶을 때는 울어야 하는 비가 있고
번개 속에 천둥 치는 날은
고통과 바다에도 풍랑이 일어나는
고난의 삶에 무게가 어찌 없으랴만

인생 무상함을 견디며 사는 날까지
산전수전 다 겪는 사계절과 같은 인생
젊음만 어찌 있으랴.

화분 같이 비야! / 석옥자

목이 타도록 기다린 비야!
여름내 모진 뙤약볕에 굶주리다
그대 온다는 기미가 보여도
설렘의 마음은 간곳없고

숨이 멎은 뒤에 그대가 온대도
빗물 먹을 일도 없소이다.

저 언덕 뒤편에서 그대를
기다려도 숨이 멎은 뒤에 온들
무슨 소용인가?

허기질 때쯤 왔으면 생기라도
찾았을까?

허공에 헤매다 어금니조차
타버려 흉물이 된 화분 속에서
색깔조차 누렇게 변했구려.

분홍빛 연가 / 석옥자

가로수를 지나 가을은 나를 괴롭히며 묻습니다.
음악을 조용히 들으며 쓸쓸한 가로수를 바라보며 대답합니다.

너는 왜 이 가을에 낭만을 잊었냐고 묻는다면
기억이 나지 않는다고 말하겠습니다.

너는 왜 가을 타는 그리움이 없었냐고 묻는다면
옷깃을 스쳐 가는 바람 소리라고 말하겠습니다.

낙엽 밟으며 사랑해본 적이 없느냐고 묻는다면
낙엽 밟는 소리가 영혼을 깨뜨릴까 두려워
밟아본 적이 없다고 말하겠습니다.

분홍빛 사랑에 죽을 만큼 빠져본 적이 없느냐고 묻는다면
상처가 나면 마음이 아프다고 말하겠습니다.

애틋한 사랑에 눈물을 흘려본 적이 없느냐고 묻는다면
추억은 가슴에 묻고 눈물로 지웠다고 말하겠습니다.

시인 **성경자** 편

 시낭송 QR 코드
제 목 : 시간 위에 삶을 그리다.
시낭송 : 김락호

프로필

· 2014년 대한문학세계 시 부문 등단
· (사) 창작문학예술인협의회 정회원
· 대한문인협회 서울인천지회 정회원
· 2014년 7월 나뭇잎 하나 (우수작 선정)
· 2014년 9월 2주 금주의 詩 선정
· 2014년 12월 한국 문학 올해의 신인상 수상
· 2015 순우리말 글짓기 공모전 장려상 수상
· 2015 대한문인협회 한국문학발전상 수상
· 2016,2017 명인명시 특선시인선 선정
· 2016년 9월 1주 좋은시 선정 "상처"

상처 / 성경자

살을 에는 바람도
무섭게 내리는 장대비도
나는 견딜 수 있다.

처참히 짚 밟히고
많은 비수가 등에 꽂혀도
나는 참을 수 있다.

한발씩 내딛던 발걸음
잠시 더디게 나갈 뿐
나는 멈추지 않는다.

살면서 더한 고통도
견디며 살았기에
나는 자신을 믿는다.

엄마 없는 하늘 아래 / 성경자

엄마 없는 하늘 아래
멀리서 별똥별 하나
긴 여운 속으로 사라지고

밤의 공간 속에 서툰 몸짓으로
슬픔에 찢긴 하얀 꽃잎 위로
눈물은 알알이 그 속에 맺힌다

아직도 기대고 싶은 맘속엔
진통을 겪고 어렵게 맺혀진
열매처럼 단단하게 여물지만

엄마의 얼굴 가득하던
미소를 닮고 싶어 가만히
하늘을 올려다봅니다.

가을이 오고 있어요 / 성경자

옅게 드리워진 상념
하늘엔 구름이 흩날리고
귀뚜라미 소리와 함께
가을은 살며시 찾아온다

뜨거운 햇살의 열기에
길게 늘어진 그림자도
가녀린 코스모스처럼
가을바람에 그네를 탄다

노을 지는 저녁 하늘 멀리
황금빛 오후를 쏟아내고
풍년을 바라는 마음처럼
가을은 점점 익어가겠지,

시간 위에 삶을 그리다. / 성경자

아직 어둠이 걷히지 않은 새벽
나에게 또 하나의 길이 열리면
부딪히고 멍들어야 할 길에
마음 언저리 파문이 일렁인다

웃을 줄만 알았던 시간 위에
스산한 바람이 불어오고
빛이 바래도록 삶을 그리면
흰 여백은 한 편의 시가 된다

어느새 찻잔이 비워지면
또 하루가 채워지겠지
오늘도 삶을 그리기 위해
시간 위를 흔들리며 살아간다.

제목 : 시간 위에 삶을 그리다.
시낭송 : 김락호
스마트폰으로 QR 코드를 스캔하면
시낭송을 감상할 수 있습니다.

성경자 시인

숲속의 여름 / 성경자

시리도록 푸른 하늘
눈부신 아침을 쏟아내고
보리수 열매는 점점 익어간다

마음을 깨우는 초록의 향연
고요함의 적막을 깨는 종소리는
살며시 바람의 소리를 전한다

뜨거운 땡볕 아래 굽이쳐 흐르던 여울
여름이라는 깊은 그늘을 드리우고
잊히지 않을 추억을 그려본다.

나의 하루 / 성경자

하루의 일을 시작하는
많은 사람 사이에
출근길 발걸음은 가볍다

서로 기분 좋은 눈인사
안부의 말 한마디에
계절의 향기가 퍼진다

어느새 해는 팔베개를 하면
온몸은 소금이 서걱거리고
내 주머니는 점점 비워져 간다.

아버지의 향기 / 성경자

앙상한 나뭇가지를 닮은
아버지의 어깨 위에
풀꽃 잎이 내려앉았다

투박하고 거친 손끝으로
향기 한 아름 꺾어
빛바랜 꽃병에 꽂으면

시리도록 푸른 하늘
한 점 구름도 흩날리고
옷자락 가득 향기 번져간다.

당신은 나의 운명 / 성경자

난 당신에게
모든 것을 내어주고도
뜨거운 열정이 숨을 쉬는
가슴이 있어 행복합니다

내가 보고 느끼는
수많은 삶 속에서도
당신의 온화한 미소는
어쩔 수 없는 내 운명입니다

세월을 품었던 마음에
사랑이 머물다 가면
겨울 담장 넘어 눈길 위에
당신의 발길이 머뭅니다.

시간 저편으로 가을을 지운다. / 성경자

서랍 깊숙이 작년 가을의 추억들
외롭게 주인의 손길을 기다리지만
고운추억 날아갈까 봐. 마음 졸이며

금방이라도 떨어질 듯한 낙엽에
옛 추억들이 주마등처럼 스쳐 가고
창살 너머 가을 햇살이 고개를 내민다.

가슴을 쓸어내리던 아픈 추억들
뜨거운 눈물이 흐르던 상처까지도
주섬주섬 쓸어담아 마음 한켠에 담아

퇴색된 물기 마른 구멍 난 나뭇잎들
창백한 모습으로 가을을 지워가며
갈바람에 이별이 서러워 온몸을 턴다.

새벽안개 속에서 / 성경자

동녘 하늘이 밝으려면
아직은 이른 새벽에
자욱한 안개비 속으로
내 모습들이 흩어져간다

저 멀리 교회 종소리는
여린 가슴을 파고들고
서글픈 나의 삶 속으로
조용히 마음에 창을 연다

상쾌한 새벽 공기 속에
숱한 상념들이 밀려드는
멈출 수 없는 나의 삶에
다른 작은 소망을 품어본다.

♪ 시낭송 QR 코드

제 목 : 그런 사람
시낭송 : 최명자

프로필

· 대한문학세계 시 부문 등단
· 대한문인협회 서울인천지회 정회원
· (사)창작문학예술인협의회 정회원
· 2016년 아트TV '명인 명시를 찾아서' 출연
· 2017 명인명시 특선시인선 선정

· 〈저서〉 시집 "사랑이라 하더이다"

안복식 시집
"사랑이라 하더이다"

그런 사람 / 안복식

굳이
볼일이 없어도
만나고 싶어 하는
사람이고 싶습니다

어쩌다 만나더라도
잡은 손을 놓치기 싫은
그런 사람 되고 싶습니다

이따금 전화를 걸어
그동안의 안부가 길은
그런 사람이고 싶습니다

시시때때로
만나고 싶다고
심심찮게 연락하는
그런 사람이고 싶습니다.

제목 : 그런 사람
시낭송 : 최명자
스마트폰으로 QR 코드를 스캔하면
시낭송을 감상할 수 있습니다.

내 가야 할 곳 / 안복식

오늘도
기다리는 마음 하나는
곱게 머리 빚은 맑은 눈의
어제 그 애를 닮았습니다

본 듯 아닌 듯
그날 또 그날같이
그리움에도 부서지지 않는
처마 끝 고드름을 닮았습니다

하얗게 흩날리는 눈
가지를 터는 솔 나무의 소스라침에
힘없이 바람에 의지할 때면
내 마음 승차권 없이 따라갑니다

목적지 없는 마음 서러워
멋쩍게 엉덩이를 털고는
하늘 올려다보지만
또 내가 가야 할 곳은 없습니다.

바람이 전하는 말 / 안복식

너만 알고 있어
아무도 몰라
비밀이라고

말도 안 되게
지나는 바람
믿는 도끼가 됐지

하루 또 하루
나도 모르게
되돌아온 내가 전 한 말

낮말을 새가 들었나?
밤에 한 말 쥐가 들었나!
모르는 척 그 말을 듣네

낯부끄러워
나는 모르쇠
바람이 전하는 말이라 하지.

분장도 싫네 / 안복식

어쩜 그건
변명과 타협 없는
욕심이겠지

시라는 이름으로
마음을 훑어 내리고
마침표를 찍었네

한번 또 한 번
눈길만 따라가고
진중한 마음 퇴고는 않네

먼 후일
부족한 글에
얼굴 붉힘 뻔할 양

타고난 글재주가
이것뿐인데
화장도 분장도 싫네.

세월 그런 거라오 / 안복식

아무렇게나
희끗희끗
제멋대로 난 머리카락

윤곽은 뚜렷한데
깊은 눈두덩
봉래산 닮은 광대뼈

커다란 눈망울
초점마저 잃은 지 오래
물간 동태를 닮고

입가 주름살
덤 삼아 하는 말
세월 앞에 장사 없네!

내 젊은 날에는
청춘만을 노래했는데
세월 다 그런 거라오.

손 편지 / 안복식

잃어버린 지 오래된
규격봉투
또 어디 갔는지 모를
우편번호가
낯설어 진지 오래

꾹꾹 눌러쓰던
그 옛날 몽당연필
아까운 마음 볼펜에 달던
아나바다 그 사람들 어디 가고
버려지는 백지는 내 돈 아니리

그래
오늘만큼은
우편번호 찾아도 보고
말로 못 한 한마디쯤
손 편지에 담아야겠네.

세상이 바뀌던
어제와 오늘
문화도 예술도
예절과 안부가 바뀌어도
손 편지 한 번쯤 써봐야겠네.

용의 겉옷 / 안복식

가진 것도 없으면서
검소함을 탓하고
아는 것도 없으면서
유식의 옷을 입으려 하네

거짓의 탈을 쓰고
속과 겉은 따로따로
거짓과 진실의 판단은
그대 몫이 아닐진대

보는 대로 갖고 싶은 맘
해탈의 마음 배운다면
있는 것도 없는 것도
새옹지마 아니겠소?

포장하기 좋아하는
막무가내 그네 삶아
마지막 용의 겉옷만은
훔치지를 마오!

안복식 시인

잊히지 않을 사람 / 안복식

매일 연속극
잔잔하게
주인공의 독백 흐르고

생명 삽은 코를 찾는다
먹는 일보다
그리도 좋을까

만약 내가
드라마 속 인물이라면
주인공은 마다하리라

주연 아닌
조연이면 어떠하랴
있는 듯 없는 듯

없어서도 안 될
짜여 진 각본 드라마 속
잊히지 않을 사람이면 되지.

생명 삽 : 밥 수저

허허실실 / 안복식

인간 만능의 시대
가는 세월 막을 수 없다니
오호라 통제라

부귀영화도 모르면서
배부르기만 쫓는
어쩜 하루살이 같은

달나라도 가고
철제 로봇도 활보하는데
시간 멈출 인사는 없나 보네

너나 나나
청춘만을 고집하면
그 또한 못 믿을 인생

가는 시간
잡을 수 없다 하면
허허실실 나도 따라가리.

달밤의 찬미 / 안복식

가슴이 훤히 보이도록
깊이 감추어진 슬픔 들이
주르륵 눈물 되어 흐르듯
하얀 달 하얀 밤

파랗게 피어오르던 유토피아가
잠시 머무른 동안
빠르게 흐른 세월을 아쉽게 하고

남들처럼 깊은 사랑 또한
갖지 못한 아쉬움 들
하지만 내게 있는
아직은 조그마한 희망

흙에 묻혀 좀 더 순수하고
조금은 단란한
내 작은 집을 갖는 날에는

효도할 줄 알고 좋은 낭군인 줄만 아는
여인을 향해 밤을 새워 노래하고
오래 오래도록 달을 찬미하는
밤을 맞이하고 싶다.

시인 **안정순** 편

♣ 목차

♪ 시낭송 QR 코드
제 목 : 수행의 길
시낭송 : 김지원

시작노트

중년을 넘어 선 지금
아이들도 하나 둘 씩 품을 떠나고
내 어머니가 그랬던 것처럼
어느새 그 어머니가 되어
어머니의 숭고한 발자취
이슬 머금은 구절초처럼
초연한 모습으로
그의 뒤를 따른다.

안정순 시인

길 잃은 잎새 하나 / 안정순

멋스러운 갈색 깃에
나풀거리는 단풍 빛 스카프
삽시간에 휘달리던 소슬바람
빈 가슴 찾아들까 칭칭 동여맨다

골목을 휘젓는 초겨울 기세
늦가을 슬픈 영혼
휘이휘이 몰아세우며

재촉하는 해 걸음에
채 삭이지 못한 단풍잎 하나
또르르 발길을 잡고서

이 밤 찾아올 한기에
파리한 몸 움츠리며
끔벅끔벅 애절한 눈빛을 보낸다

아! 어쩌나!
길 잃은
저 슬픈 눈동자를

꽁초 / 안정순

한때는 백옥 같은 미끈한 몸매에
마법 같은 네 향기에 매료되어
널 품었던 수많은 남정네의
황홀했던 하룻밤 꿈처럼

불타오르는 너의 욕정에 못 이겨
세상을 등진 이도
뜨겁던 사랑에 후회는 없으리라

가슴 속을 휘젓던 너만의 진한 향기
어느 여인인들 너를 대신 할까
살아 숨 쉬는 날 동안
다시는 오지 않을 청춘 온몸을 사르며
삶 전부를 걸었던 너

뜨거운 긴 입맞춤에 멎어버린 심장은
뿌연 연기 사이로 사라지고
신작로 널브러진 너의 쓸쓸한 뒷모습
모퉁이를 지나는 쓸쓸한 바람마저
사정없이 훑고 지나간다.

안정순 시인

문지기 / 안정순

언제나 늘 그 자리에
해마다 봄이 오면 여름이 다 가도록
어김없이 문 앞에 터를 잡고서
할아버지의 할아버지 아버지와 손주까지
년 년이 대를 이어 보초를 선다

눈길은커녕 인정 없는 주인
어쩌다 눈길이 마주치는 날에는
송두리째 씨를 말릴 기세로 잡도리를 하고서

전생에 무슨 속죄의 업이었기에
벼락같은 푸대접도 아랑곳없이
문지기를 자초하는지

새경은
바람도 드나들지 못하는 비좁은 틈바구니
빼도 박도 못하는 발 하나 겨우 딛고서
손님이 오는지 가는지도 모르고
꾸벅꾸벅 졸고 있다

짓궂은 바람이 으스대며
듬성듬성한 흰 머리
마구 흔들어 놓고 지나갈 때까지는!

하얀 면사포 / 안정순

떨어진 나뭇잎만
한 잎 두 잎 바람에 날리고
낮 그림자 볼 수 없는 척박한 들길

세월 따라 바람 따라
흘러 흘러 찾아든 곳
돌부리만 달그락달그락

곱던 머리 파 뿌리 되도록
맺은 가약 운명이라 여기고서
쓰디쓴 인내 달게 맞으며

생의 마지막 황혼길
가없는 사랑
내생에 찬란한 비단길 꿈꾸며

흰 쪽 찐 머리
하얀 면사포 쓰고
살랑살랑 매파가 오기만을 기다린다네.

안정순 시인

박꽃 / 안정순

반백 년을 사는 동안
빠르게 진화하는 시간 속에
소달구지 다니던 작은 오솔길엔
널따란 아스팔트가 누워
광란의 밤 곡예를 하고

메뚜기 소금쟁이 놀던 너른 들판엔
굉음에 놀라 모두 떠나버렸는지
풀 잎사귀 사라진 곳
바람도 외면하고 쉬어가질 않는데

잿빛 하늘에 호박 같은 가로등이
보름밤을 대신하는 세상
돌담이 있던 자리 철 담에 앉아서도
예나 지금이나
고귀한 너의 모습은 변함이 없구나

연분홍 눈웃음에 잠 못 들던 날
빨간 입맞춤에 두 방망이 치던 날
주책없는 이 속내가
너의 청아한 숨결에 정화되듯 맑아 온다.

삶은 기다리는 것 / 안정순

삶의 긴 여로에
외로움이 파도처럼 밀려오면
그리움 한 조각 베어 삼키며
설은 걸음 떨쳐 냅니다

거센 눈보라가 몰아치는 날이면
꽃 피고 종달새 지저귀는
햇살이 포근한 봄날을 그리며

아이들이 어렸을 땐
번듯한 성년이 되어주기를
몸과 마음을 다해
소망하며 꿈을 꿉니다

굽이굽이 넘던 고갯길
움푹 패인 얼굴엔
검은 머리에 빛바랜 하얀 세월만이

장작불에 생선 꼬리 구워 놓고서
진종일 누구를 기다리는지
이제나저제나 동네 어귀 바라보는
백발의 노모처럼.

안정순 시인

고주배기 / 안정순

한 때는 창공을 향해
푸른 신념 하나로 기백을 펼치며
두려울 것도 거칠 것도 없이
청춘을 호령하던 날도 있었다

감미로운 햇살에 꼬물꼬물 따라 나와
종달새 사랑가에 너울너울 춤을 추며
해가 가고 달이 가는 것도 몰랐었다

하늘의 숭고한 사랑 온몸으로 펼치던
유수와 같은 세월은 한낱 꿈이런가
하나둘 살붙이는 떠나가고
빈 둥지에 앙상한 허물뿐

냉기만 감도는 겨울 산 언덕배기
비바람에도 차이는 신세가 푸대접이라
푸른 이끼 덤으로 얻어 입고서

살가운 햇살이 어루만져보지만
시리 죽은 송장처럼
너덜거리는 마른 나뭇잎 하나 끌어안고서
자장가인 듯 윗바람 소리 들으며 토닥인다
내 어머니가 그랬던 것처럼!

중년의 가을 / 안정순

무서리 짙게 드리운 가을
밤새 내린 비에 한껏 치장을 하고서
먼동이 터오면 희뿌연 안개 사이로
멋들어진 얼굴을 치켜세운다

세월을 등에 업고
고장 난 바퀴처럼 질주하던 반백 년
추레한 어깨에
두 손엔 덩그렁 한 하늘뿐

버걱거리는 무릎
앞서자니 발목을 잡고
전차 같은 질풍노도
늦추자니 등을 떠민다

맺은 정이 두터워
먼발치 서성이는 나그네처럼
비에 젖은 나뭇잎 하나
사시랑이 되어 차곡차곡 가을을 접는다.

안정순 시인

수행의 길 / 안정순

며칠을 두고 내리는 비
젖먹이 엄마를 조르듯
길가 떨어진 나뭇잎 발길을 잡는다

무심히 돌아서는 발길
가볍기만 할까
아침이면 하얀 안개 뒤를 따르고
발길에 차이고 짓밟히는 아픔도
감내하면서

번뇌의 굴레
이리저리 뒤척이며
마지막 흔적마저 바람에 날려 보내고

차마 떨구지 못한 잔재
발자국에 고인 빗물에 몸을 씻으며
기약 없는 수행의 길을 떠난다.

제목 : 수행의 길
시낭송 : 김지원
스마트폰으로 QR 코드를 스캔하면
시낭송을 감상할 수 있습니다.

들풀의 마음 / 안정순

갈바람에 쫓기듯
묶은 빚이라도 꾸렸는지
저마다 자리를 툴툴 털고 나선다

아름다운 팔도강산 방방곡곡
티끌처럼 왔다 가는 이 한 몸
은덕으로 한세월

금수에 차이고
살점을 에이며 간직한 전부를
송두리째 앗아가도 탓하지 않으리!

한세상
질펀히 노닐다간 보답
운명으로 달게 맞이하리니

내가 가진
모든 것을 거둬가도
난 괜찮소이다.

윤동주 시인

서시 / 윤동주

죽는 날까지 하늘을 우러러
한 점 부끄럼이 없기를.
잎새에 이는 바람에도
나는 괴로워했다.
별을 노래하는 마음으로
모든 죽어가는 것을 사랑해야지.
그리고 나한테 주어진 길을
걸어가야겠다.

오늘 밤에도 별이 바람에 스치운다.

 시낭송 QR 코드
제 목 : 여름의 잔영
시낭송 : 박태임

프로필

· 대구 거주
· 대한문학세계 시 부문 등단
· (사)창작문학예술인협의회 정회원
· 대한문인협회 대구경북지회 정회원

· 2015년 7월 금주의 시 선정
· 낭송시 선정
· 2015,2016년 특별 초대시인 명인명시 작품 시화전 선정
〈수상〉
· 2016 한 줄 시 짓기 전국 공모전 장려상
〈공저〉
· 특별 초대 시인 시화 작품집 "유화에 시의 영혼을 담다"

윤춘순 시인

만추, 마지막 열정을 사른다 / 윤춘순

상큼함으로 가득 찬
가을엔
기분 좋은 바람 바람
그리고 그리움

달콤함으로 가득 찬
열매엔
이슬과 따가운 햇살
그리고 사랑

파란 하늘
말도 살찌는 천고마비
마지막 열정까지 다 사르고픈 가을
그리고 결실

수확이란 낱말로
또 한 번 아파 보려 하는
만추의 계절
그리고 갸륵한 희생.

자미화는 지는데 / 윤춘순

백일간의
배롱꽃 탐스러이 피워낸 산자락에
찬바람 불어 예니
갈 빛 물감 한 획 써억-
그을 즈음

자미화는
주름잡던 치마를 접으며
"헤어질 벗에게 보내는 마음"이란
눈물 꽃 편지를 띄워요

아, 노을빛
닮은 산마루마다
갈빛의 향연이여
가을의 세레나데여

시월이 오면
도투락 나붓대는 노란 은행나무
마가목에 오롱조롱 빨간 열매 매달고
가을을 노래하여요.

자미화 : 배롱나무

윤춘순 시인

길 / 윤춘순

눈길이 끌리고
마음이 끌리는 길
발길을 당기는 길은 좋은 길인가
당장 보기에는 아름다워도
막상 가보면 험난한 길이잖는가

어떤 길이 꽃길이고
순탄한 길인지
어떤 길이 가시밭길이고
진흙탕 길인지를
가보고 경험해야 만이 얼핏, 알잖는가

물 위의 길도
하늘 위의 길도
땅속의 길도, 하물며
뭇 남성들이 스친 창녀의 궁전 같은
그곳에도 엄연한 길이 있잖은가

그러고, 얽매이잖고
풍류도 즐기고, 사랑도 하고
이름 모를 풀꽃도 바라보고
하늘도 바라보며 천천히
아주 천천히 가는 길이 좋잖은가

누군가가 행복의 길로
순탄한 길로 가잖다고
슬렁 슬렁 따라가지 말지라
질러서 가든 돌아서 가든
목적지는 어차피, 똑같잖은가.

여름의 잔영 / 윤춘순

비 내리는 날은 아침부터
그리움이 밀려 들었다

눈물인지 빗물인지
시구를 구시렁구시렁 읊되 던
아직은, 여름의 잔영이
바다를 그리던 향기를
품위 있는 그 자아를
산자욱에 내리던 운무를
부쩍, 살가움이 돋는다던
은방울꽃에 스미어
짭짤한 소금기 같은 눈물을

것도 못 마셔 애타던
것도 심장이 벌렁대던
것도 잠 못 드는 밤에
것도 시인의 감성 같은
것도 에델바이스 음률 같은
여름향기에 매료되어
결 고운 시를 써대던

아직 떠나지 못하는
대지에 서린 여름의 잔영,

제목 : 여름의 잔영
시낭송 : 박태임
스마트폰으로 QR 코드를 스캔하면
시낭송을 감상할 수 있습니다.

윤춘순 시인

蓮花 (련화) / 윤춘순

천지가 울리기 전
환생하지 못한 신의영검 하나
진흙 속에 뿌리 내리고서

천궁의 입김으로
오랜 수행의 담금질 하는가
맑은 물 위로 아로새긴 꿈 있어

한 마리 학이 되어
하늘을 날으듯
그리움을 품은 듯
시궁창에서 나고 자라도
어찌 이리 고귀로 올까

蓮花, 그대 바라보는 마음
세속의 찌꺼기 진흙 속에 묻어두고
옷 매무새 가다듬고 살라 하네

악취 나는 곳에 발 담그고서도
더러움에 물들임 없이
모두 비우며 아름 다이 살라 하네.

청보리 / 윤춘순

신록이 춤추는 들녘
옥색 융단 펼쳐두고
뉘 있어 춤사위도 고운가

보릿대 입에 문 듯
까까머리 푸른 꿈의 그 향기
넌 어디서나 휘파람새 청보리

수십 번의 강산이 바뀌어도
청보리는 여태, 삐. ― 이 닐리리
보리피리 삐. ― 이 닐리리

보리밭 이랑 속 추억은
어디를 가나 풋풋한 청춘
그때 그대로라

이내 몸
이내 맘만 늙어
지천명을 넘기며 서럽다
삐 ― 이 닐리리

하늬바람 함께 남실남실
보리피리 귓가에 울린다.
삐. ― 이 닐리리.

봄 길에서 듣는다 / 윤춘순

행복한 사람입니다

나서는 길에 꽃들이 웃어주니
가는 길 꽃비 눈송이처럼 날리니

뽀얗게 뿌려진 꽃잎 길 사뿐히 걸으니
꽃바람 봄바람 핑크빛 스카프
살랑살랑 꽃 향기 퍼뜨리니

햇님이 따사롭게 전신을 애무하면
웃는 얼굴로 하늘을 볼 수 있으니

아름답고 사랑스런 사람
축복받은 사람입니다

바로 당신이.

그리움 / 윤춘순

밤새 바뀐 하얀 세상
뽀드득! 밟고 싶어 문을 나선다
질펀한 그리움 눈물범벅이 되어
찰방찰방 눈물인지 빗물인지
녹다 만 도시의 검은 눈물

새벽, 아무도 가지 않았네
그리움 찾아 날아든 외기러기
서성이다 끝끝내
어디쯤 흔적도 없이 사라져 가고

물먹은 솜 뭉치 마냥
발까지 젖은 흥건한 눈길을 걸으며

내 안의 땅꼬마 하나
온통 새하얀 눈사람이 되어
뒹굴다 구르다 눈 뭉치 아름 안고
추억 속의 눈싸움을 벌이는데

정신이 번쩍 들었다
그 오빠 지금 시한부 인생
사경을 헤맨다는 소식에
눈시울이 젖어온다 녹다만 눈물처럼.

윤춘순 시인

가을 빗속으로 / 윤춘순

고향이 그리워
어머니 너무 그리워
꿈속엔들 잊을까 봐 그때 그 옛집
환영으로 보이던 그때 그 모습

가는 날이 장날 이려는가
온종일 장맛비 진득하게 퍼붓는데다
한 주 지나 짝꿍과 약속한 날
왠 걸, 아침부터 또 퍼부어 대네 그려

엘니뇨니 고온이니
너무 자주 내리는 가을날의 장대비
차 몰고 빗속으로 질주하다
눈썹 밑에도 피한다는 얕은 비가
허벅지게도 내린다는 말이냐 그려

빗소리 장단에 얼굴 마주 뵈니
앞면 있는 뉘라 생각이 안 나
가물가물 반 가분 기척
한동안 얼굴 쓰다듬고 두 손 꼭 잡고는

딱 내만큼의 그 시절이라
멈춰진 어머니의 옛 기억
옹 팡 지게 붙들고 놔 주질 않아
어머니도 나도 눈물 바람이었네 그려

빗속을 뚫고 간 고향에
빗속에서 홍시 따고 사진 남기고
빗속으로 돌아와도
여전히 비는 내리네 그려
어쩌자고 이 가을에.

가을에 타는 여심 / 윤춘순

바바리코트에
베이지색 스카프
갈 바람에 나부끼며
구름 위를 날 듯
나들이 가는 여심

곱게 물든 단풍 길
파란 하늘에
가슴을 열어젖히고
꽃 길을 걷듯
나들이 가는 여심

가을 햇살에
뽀송 뽀송한 향기
바람에 안긴 듯
사랑에 안긴 듯
샤방 샤방 발걸음도 가볍다

이리 아름다운 계절
조물주의 하해 같은 선물
시간이 지나고서야 깨달으며
풍요로운 나락 논의 겸손함
찬미노래 부르는 가을날의 여심.

이상 시인

오감도 / 이상

13인의아해(兒孩)가도로로질주하오.
(길은막다른골목이적당하오.)

제1의아해가무섭다고그리오.
제2의아해도무섭다고그리오.
제3의아해도무섭다고그리오.
제4의아해도무섭다고그리오.
제5의아해도무섭다고그리오.
제6의아해도무섭다고그리오.
제7의아해도무섭다고그리오.
제8의아해도무섭다고그리오.
제9의아해도무섭다고그리오.
제10의아해도무섭다고그리오.

제11의아해도무섭다고그리오.
제12의아해도무섭다고그리오.
제13의아해도무섭다고그리오.
13인의아해는무서운아해와무서워하는아해와그렇게뿐이모였소.

(다른사정은없는 것이차라리나았소.)

그중에1인의아해가무서운아해라도좋소.
그중에2인의아해가무서운아해라도좋소.
그중에2인의아해가무서워하는아해라도좋소.

시인 **이유리** 편

♣ 목차

1. 양귀비꽃
2. 독백
3. 그대 아름다운 이
4. 가을엔 사랑하게 하소서
5. 오월의 밤
6. 낙화
7. 단풍이 되어
8. 이 가을에는
9. 너의 향기
10. 눈꽃

🎵 **시낭송 QR 코드**
제　목 : 양귀비꽃
시낭송 : 김락호

이유리 시집
"나에게 너는"

프로필

· 2004 대한문학세계 시 부문 등단
· (사)창작문학예술인협의회 이사
· 대한문인협회 서울인천지회 정회원
· 한국문인협회 회원
· 한국작사가협회 회원

〈수상〉
· 2005 대한문인협회 향토문학상
· 2012 국회사무처, mbc문화방송 후원
　　"전국시인대회" 장려상 수상
· 2014년 한국문화예술인 금상
· 2013년 한국문학 베스트셀러작가상 수상
· 2014 아트TV "명인명시를 찾아서" 출연

· 현대시를 대표하는
　　"명인명시 특선시인선" 8회 선정

〈저서〉
· 2013년 개인시집 "나에게 너는" 출간
〈공저〉
· "인터넷에 꽃피운 사랑시"
· "사랑 느낌" 외 다수

양귀비꽃 / 이유리

그대 사랑함이어라
불타는 정열 깊은 고뇌
그것은 삼 일간의 사랑
그 뜨거움에 데여도 좋을

고뇌하지 않고는
어찌 산다는 일이
이처럼 설레임이고
멋진 일임을 알 수 있겠는가

그대 사랑함이어라
그리움에 뚝뚝 흘린
붉은 눈물
그대 있어 행복했다
말할 수 있으리니

그대 사랑함이어라
그리움에 뚝뚝 흘린
붉은 눈물
그대 있어 행복했다
말할 수 있으리다

제목 : 양귀비꽃
시낭송 : 김락호
스마트폰으로 QR 코드를 스캔하면
시낭송을 감상할 수 있습니다.

독백 / 이유리

꽃잎 지는 소리에
바람이 울었다
향기 나던 축제의 날은
기억에 묻고
사랑한다는 말은
꽃대에 걸어놓고

가끔은
쓸쓸함과 슬픔과 외로움이
숙명처럼 느껴진다고
또 한 번 울지도 모를 일이다

인연 따라 흘러간
그리움들은
영혼처럼 늙지도
시들지도 않으리라 믿으면서

쉼 없이 출렁거리며
신열을 앓을지라도
우리 사는 세상은
사랑을 위해 사는 것이라고
또 한 번 믿으면서

그대 아름다운 이 / 이유리

그대
첫눈으로 오시는 이
희디흰 순수
어설픈 몸짓
어찌 이토록 황홀한 떨림입니까

그대
바람으로 오시는 이
따사로운 어느 봄날의
달콤한 유혹
진하디진한 향기로 취하게 합니다

그대
어둠으로 오시는 이
깊은 상념에 춤추다
안으로 추락하는 반짝이는 별 무리

오실 때 그러했듯
그대 떠날 때도
고운 미소 사뿐히 남겨두어
알싸한 그리움 자라게 하는

그대 진정 아름다운 이

가을엔 사랑하게 하소서 / 이유리

울긋불긋 터지는 가을날의 정사
여름내 무르익은 사랑이
알알이 익어가는 계절

가을엔 사랑하게 하소서

때로는 전율로, 감동으로
내 안의 모든 감성이 눈을 떠
굳이
말하지 않아도 들릴 수 있는
뜨거운 열정으로
사랑하게 하소서

그저
가을 앓이로 만취해 비틀거릴지라도
돌아올 수 없는
돌아갈 수 없는
시간들이 안타까움이 될지라도

가을엔 사랑하게 하소서

이유리 시인

오월의 밤 / 이유리

뜨거움이다
핏빛 장미의 열정이
그대 사모하는 가슴이
두려움 없이 안겨 오는 꽃향기가

끝없이 흔들리고도
생의 기쁨에 눈물이 나는
불 밝힌 가슴마다
그대의 이름으로 물들이고픈

오월의 밤은
고요함마저도
아찔함에 눈멀게 한다

낙화 / 이유리

나는 알고 있었지
그리움만 만발하다
서둘러 떠나는 것을
다만, 손 흔들지 못했을 뿐인데

눈 뜰 수 없을 만큼
찬란했던 한순간
이미 널 훔쳐보았던 것을
다만, 마주 설 수 없었을 뿐인데

네게 주던 눈길
속수무책 젖어 들고
잎새들 자꾸만 짙어가는 밤
때아닌 갈증에 이토록 목이 타는 것을

이유리 시인

단풍이 되어 / 이유리

아 그대 사랑함이
이토록 뜨거울 수 있을까
이 붉디붉은 열정으로
그대 가슴에 불을 지르리

단풍 탓일까
그리움 탓일까
눈시울까지 붉게 적시고도
태연히 깊어가는 가을

그리움은 목젖까지 차오르고
단풍의 그 황홀함에 울렁이면
어찌하나
흔들리는 내 마음을

활활 타는 그 뜨거움으로
그대 가슴에 뛰어들리라
어떤 망설임도 없이
오롯이 진실한 나만의 사랑으로

이 가을에는 / 이유리

이 가을에는 내 마음
단풍처럼 붉게 물들고 싶다
그대 사랑하는 가슴 가득히 고운 빛으로

그리움에 기다림에
힘겨워 지칠지라도
그저 평온함으로 흐르는
잔잔한 행복일 수 있기를

이 가을에는 그대를
단풍보다 짙게 사랑하고 싶다
그대 사랑하는 가슴 가득히 행복함으로

그리움에 기다림에
힘겨워 지칠지라도
그저 평온함으로 흐르는
잔잔한 행복일 수 있기를

너의 향기 / 이유리

표정 하나
몸짓 하나
음성 하나
아주 가끔은 이 사소하고도
작은 것들에 의미를 담고
그것들과 마주하고 싶을 때 있다

이 밤
바람보다 빠르게 달려와
출렁이는 너의 향기는
가을날의 그 붉은 황홀함 같다
어둠이 모든 걸 삼켜버리니
사랑의 언어들은 길을 잃고
귓전에서 잉잉 우는 밤이다

눈꽃 / 이유리

꽃이 피네, 꽃이 피네
그대 그리워서
그대 향한 내 사랑이
눈꽃 송이로 피어나네

사랑이 깊어
그리움이 깊어
저 꽃 눈물 되어 흐르는 날엔
사랑은 가지마다, 가지마다
아름답게, 아름답게 꽃피우리라

꽃이 피네, 꽃이 피네
그대 보고파서
그대 향한 내 사랑이
눈꽃 송이로 쌓여가네

사랑이 깊어
내 사랑이 깊어
저 꽃 눈물 되어 흐르는 날엔
사랑은 가지마다, 가지마다
눈부시게, 눈부시게 꽃피우리라

🎵 **시낭송 QR 코드**
제　목 : 첫사랑
시낭송 : 박영애

시작노트

글을 쓴다는 것은 삶의 매듭을 풀기도 하지만 묶는 것과 같다고 봅니다.

올 한 해는 사회적으로 참으로 뒤숭숭하고 아픈 날들이 많았습니다.

그 속에서 제가 할 수 있는 일이 무엇인가 생각하며 이웃의 아픔을 조금이나마 덜어줄 수만 있다면 하는 마음으로 글을 쓰면서 제 자신을 되돌아보고자 하였습니다.

특선시인선에 보잘것없는 제 글이 실렸다는 것이

한편으론 부끄럽지만 조금이나마

마음 아픈 그들에게 희망을 줄 수만 있다면 하는 바램입니다.

임세훈 시집
"세월은 지워져만 가고"

새해 맞이 / 임세훈

작년에 입었던 헌 옷을 훌훌 벗어던지고
새해가 건네준 새 옷으로 갈아입었지만
걱정이란 놈이 내 몸뚱이를 붙잡고 있다

새 옷을 입었으니 깡충깡충 뛸 만도 한데
좀처럼 그럴 기분이 돋아나지를 않는다
작년에 묵은 때를 미처 벗기지 못해선지
몸이 따갑도록 가렵고 뒷맛도 찜찜하다

아무런 준비도, 계획도 세우지 못했으니
가슴속에 덜커덕 소리가 날만도 하겠지
그동안 자신만만 어깨가 하늘 높았으니.

늦었다 생각되는 지금이라도 때를 벗자
향수도 뿌리고 더부룩 수염도 깎아내고
그리곤 기쁜 마음으로 새 옷을 갈아입자

찾아온 을미년 새해를 반갑게 맞이하자
사람이 삶이 무서워 쥐구멍에 숨는다면
사람이 사람을 만나기도 겁이 나겠지.

갈망 / 임세훈

살며시
그대 가슴을
똑똑 두드려 보았습니다
망설이다가
빨간 꽃잎을 남겼습니다

살짝이
그대 마음을
슬쩍 열어 보았습니다
부끄러워서
노랗게 수를 놓았습니다

남몰래
그대 품 안에
꼬옥 안겨보았습니다
용기를 내어
쪽지 하나 남겼습니다

깜쪽 같이
그대 눈빛을
슬그머니 훔쳐 보았습니다
애처로움에
하얀 손수건을 남겼습니다

그대가 마음 열지 않아도
당신의 눈길 주지 않아도
마냥 바라만 볼 수는 없기에
그럴 수밖에 없었답니다
당신을 너무 좋아하니까요...

탄생 / 임세훈

쪽문을 삐꼼히 열어 놓고는
몇 날 며칠을 기다렸을까
작년 가을 낌새는 보였지만
온다는 날짜는 대충 알았지

어림잡아 가슴에 새겼지만
오랜 기다림은 지루하기만 했지
보고픔은 둥근 탑 쌓아만 가고
애간장은 새까맣게 타버렸지

낙엽 지고 하얀 눈 녹을 때까지
구부렸다 폈다 했던 열 손가락
밤하늘 별님들 몇 번을 세었나

행여나 소식 올까
혹시나 기별 올까
어젯밤 꿈속에서 공주를 만난 후
해돋이 깨기 전에 빗장을 뺐지

숨 가쁘게 창문을 두드릴까 봐
설레임은 자꾸만 콩닥거렸지
예쁜 이름표 하나 손에 쥐고서
마음속 그리움은 자라만 갔지.

임세훈 시인

잃어버린 추억 / 임세훈

서산 끝 붉은 해가 머뭇거린다
헤어짐이 못내 아쉬운 듯
느릿느릿 발걸음을 떼고 있다

산 중턱을 거닐던 조각구름
새하얀 깃털 한개 똑 떨군다

가슴 속 비좁은 쪽방 안
웅크렸던 추억들이 슬그머니
눈꼽을 비비며 기지개를 편다

쪽문을 반쯤 열어 놓았더니
지우개로 채 지우다 만 향수가
길잃은 생각을 내게 데려온다

어디서 본 듯한, 무엇을 찾아
잠시 눈을 지그시 감으며
얼룩진 기억을 입김으로 닦는다

김 서린 흐릿한 유리창에
모락모락 연기가 피어오르고
저무는 가을 하늘에
수채화가 또렷이 영글어 간다.

징검다리 / 임세훈

변함없는 디딤돌 사랑
옷깃이라도 젖을까 봐
행여나 미끄러질까 봐
조마조마
철렁이는 가슴 다독이시네

발걸음 내디딜 적마다
가까이 다가서려는 듯
찬 물살도 아랑곳없이
들락날락 자맥질하시네
가쁜 숨 토해내시네

요동치는 심장 토닥이며
걱정 반, 근심 반
두근두근 맘 졸이시네
온 신경 곤두세우시네

혼자서
살아가는 방법 터득하라고

스스로
가시밭길 세상사 배우라고

두려움 떨치고
제 등 밟고 가라 하시네.

임세훈 시인

민심 / 임세훈

참는 것도 한도가 있는 법
견고하게 쌓아놓은 성이라 착각한겐지
와르르 무너지는 모래성이라 믿었는지
평정심을 떠보려는 얄팍한 술수
참을성을 무너뜨리려 작정하였나
인내심의 한계점 멋대로 잡아놓고
은근히 시비 걸듯 건드려 보려는 속셈
항상 낮은 자세로 임하노라 떠들면서
하늘에서 내리꽂듯 바라보는 눈초리로
생쥐처럼 슬쩍 시험해 보는 간사함
민심을 제 손바닥 저울추에 달아매고
제멋대로 해석하는 아둔한 자들이여
그들은 한없이 낮잠만 자지는 않을 터
활시위 떠난 불씨 심지에 다다르면
걷잡을 수 없는 불꽃 어찌 감당하려고
제 잘못 이마에 붙여두고 땜질 처방뿐,
물꼬는 언제까지 막혀 있지는 않는다
물길이 터진 후 아무리 읍소해 본들
되돌릴 수 없는 것을…

첫사랑 / 임세훈

수심 어린 그대 모습
그림자 되어 서성대지만
마음속
추억으로 담아 두겠습니다.

그믐날 초생달처럼
새하얀 둥근달 사모하듯
남몰래
빨개지는 얼굴 감추겠습니다.

별빛 우수수 쏟아지는 밤
슬픈 귀또리 가락에 묻혀
저 혼자
고운 님 세 글자 그리겠습니다.

저에게 살며시 보내준 미소
그리움 되어 다가온다면
한달음에 달려가
잃어버린 고백 읽겠습니다.

제목 : 첫사랑
시낭송 : 박영애
스마트폰으로 QR 코드를 스캔하면
시낭송을 감상할 수 있습니다.

임세훈 시인

고리타분 / 임세훈

우리는 지금
아리송 세계에 살고 있나 봅니다
쌀 뻥튀기가 주변을 뒤덮고 있는
그런 세상 말입니다
누구나 한 번쯤은 먹어봤겠지요
하얀 줄만 알았던 이 뻥튀기가
문제는 하얗지만은 않더라는 겁니다
여러 색깔이 있었습니다
색이 약간 바랜 뻥튀기라 할지라도
그저 그런대로 먹을 수 있습니다
선택의 폭도 넓어지겠지요
다양함도 맛볼 수 있겠지요
그런데 말입니다
변해가는 소비자 입맛은 고려치 않고
눈꼴사나운 뻥튀기를
생각 없이 만드는 회사가 있습니다.
자신들은 그렇게도 맛있나 봅니다
새빨간 뻥튀기, 새까만 뻥튀기를
소비자들은 아예 외면해 버립니다
그러다 보니 판매가 저조합니다
그 회사가 참으로 걱정스럽습니다

팔리지 않는 뻥튀기만 고집하는
회사를 향한 냉소를 알고 있는지요
그러다 한방에 훅 가면 어쩌렵니까
소비자는 왕이라고 한다지요
지금도 늦지 않았습니다
하루빨리 운영방식을 바꾸시지요
달짝지근한 뻥튀기가 기대됩니다.

폐가 / 임세훈

누구를 기다리실까.
벌레 먹은 감잎 헤집고
손 흔드는 초가집
칡덩굴 쇠사슬에 갇혀
도와달라 소리치고 있네.

야윈 몰골에
누더기 걸친 가냘픈 몸
금세라도 주저앉을 듯
막대기에 제 몸 묶은 채
휘청휘청 거리고 있네

곱던 자태 어디로 갔나
금세 온다던 그 말 믿고
님 기다린 숱한 시간들
너무나 서러워라
눈물마저 말라 버렸네

적막을 먹고 살면서
문밖을 응시하던 세월들
오직 사랑이란 절개로
미움을 가슴에 묻고
님 오실 날만 기다리네

임세훈 시인

선택 / 임세훈

제가 너무나 어리석었습니다
거짓말인 줄 알면서도
믿어보기로 하였습니다
혹시나 하는 마음으로
손도장을 눌러 버렸습니다

어느 날부터 믿음은
실망으로 변해가고 있습니다
그들이 제 가슴 깊숙이
씨앗을 심었기 때문입니다

제 가슴이 꿈틀거립니다
씨앗이 싹을 피우나 봅니다
독한 제초제를 뿌렸습니다
그런데도 시들지 않고
꽃망울을 맺었습니다

잠겼던 텅 빈 울화통에
火(화) 꽃이 활짝 피었습니다
비웃음 향기가 풍겨옵니다
냄새가 너무나 역겹습니다
누구를 원망하겠습니까.

제 발등 찍었으니까요.

시인 **임재화** 편

♣ 목차

♪ 시낭송 QR 코드
제 목 : 석류
시낭송 : 박순애

임재화 시집

"대숲에서"   "들국화 연가"

프로필

· 대한문학세계 시 부문 등단
· 대한창작문예대학 6기 졸업
· 문예창작지도자 자격 취득
· (사)창작문학예술인협의회 정회원
· 대한문인협회 정회원
· 대한문인협회 저작권옹호위원회 위원장
· 대한문인협회 대전,충청지회 감사

〈수상〉
· 대한문학세계 신인문학상
· 한국 문학 공로상
· 순우리말 글짓기 공모전 장려상 2회
· (사)창작문학예술인협의회
　　　　　　　베스트셀러 작가상 2회
· 한국 문학 예술인 금상

· 대한창작문예대학 졸업 작품
　　　　　　　경연대회 은상
〈공저〉
· 현대시를 대표하는
　　"명인명시 특선시인선" 3년 연속 공저
· 대한문인협회 특별 초대 시인 시화
　　작품집 "유화에 시의 영혼을 담다" 공저
· 제6기 대한창작문예대학
　　졸업 작품집 "동반의 여정" 공저
〈저서〉
· 제 1시집 "대숲에서" 출간
· 제 2시집 "들국화 연가" 출간

동백 연가(戀歌) / 임재화

어쩜 저리도 어여쁜지요
부끄러운지 살며시 고개 숙인 그대여
짓궂은 바람은 마냥 그대를 놀려대네요

어쩜 저리도 그윽한지요
남모를 기개를 그대의 가슴에 담고
사랑은 붉은 눈동자에 서려 있어요

어쩜 저리도 사랑스러운지요
내 가슴이 울렁울렁
그대를 사모할 수밖에 별다른 도리가 없네요

베고니아 꽃 / 임재화

아직도 떠날 수 없는 슬픔에
얼굴에 가녀린 홍조를 지울 수 없어
말없이 그 자리에 홀로 피어있네요

도저히 끊을 수 없는 인연의 사슬
어이해 스스로 벗어나질 못하고
아직도 고운 사랑을 작은 가슴에 품고

이 낯설고 물선 타향 땅에서
웬일인지 한숨 어려있는 눈물 자국만
그 붉은 뺨에 가득 흘려 놓았는가요

임재화 시인

난초(蘭草) / 임재화

곱게 핀 옥색 빛 난초 꽃송이
다섯 폭 치마 사이로 보일 듯 말 듯
차마 수줍어하는 고운 임의 모습처럼

목이 길어 괜스레 가슴 시리고
기다란 대공이 가늘어 여린듯싶어도
늘 청초하며 은은한 기품 서려 있네요

내면의 깊숙한 곳 굳센 마음과
겉모습 단아함을 두루 갖추었고
언제나 순결하고 그윽한 모습입니다.

춘란(春蘭) / 임재화

춘란에 꽃대 하나
자라나더니
방금 난 꽃을 한 송이
피워올렸어요

아직은 그리
화사하지 못하여도
갓 피어나 수줍은 모습으로
청초함, 더욱 머금었네요

이제 조금 더 있으면
그윽한 난향을
오롯이 그대에게만
드릴 수 있을 거예요

임재화 시인

초승달 / 임재화

엊그제 그믐밤에
홀로 깜깜하던 하늘이
차츰차츰 아기 손톱처럼 자라나
초승달이 되었지요

가슴이 시리던 날이
며칠 지나더니
이제는 찡그렸던 얼굴을 펴고
동쪽 하늘에 반달의 모습으로
은은한 웃음 머금었네요

이제 조금만 더 가슴이 시리면
가을 하늘에 중천으로 떠올라
한층 더 푸른 희망을 품고서
넉넉한 웃음 지을 수 있는
보름달이 될 수 있겠지요

석류 / 임재화

한여름 불볕더위 잘 견디어내고
임 향한 그리움 소록소록 쌓여서
괜스레 얼굴이 붉게 물들었네요

가슴속 울퉁불퉁 불이 붙어도
고운 임 차마 그립다 말은 못하고
삐죽이 터져 나오려는 애타는 마음

이제 더는 도저히 참을 수 없어요
빨간 보석 같은 석류 알갱이들이
톡 하고 터져버릴 것만 같아요

제목 : 석류
시낭송 : 박순애
스마트폰으로 QR 코드를 스캔하면
시낭송을 감상할 수 있습니다.

임재화 시인

영광의 상처 / 임재화

수백 년의 흔적이 켜켜이 쌓인 고목
한구석이 완전히 썩어 움푹 팬 구멍은
힘든 세월을 버텨온 영광의 상처

겨울엔 늘 벌거벗어 볼품없지만
새봄이 찾아오면 당당한 모습 되찾고
벚꽃 향기 온 누리에 풍겨낼 수 있는 충만한 에너지

서로 마음을 주고받던 나그네 찾아오면
오랜 연륜으로 고목의 덕과 지혜 가득하기에
그냥 아무 말 없어도 위풍당당하다

늦가을 호수 / 임재화

가을의 끝자락 어느 날
천 년 고찰(古刹) 앞 너른 호수가
떨어진 낙엽으로 덮여 있네요

가랑비 촉촉이 내릴 때
호수를 가득 덮은 노란 낙엽은
불어오는 바람에 말없이 일렁입니다.

가끔 호수 위로
뻐끔뻐끔 물고기 숨 방울이 솟아오르고
청둥오리 유유히 날갯짓할 때
어느새 가을은 저물어 갑니다.

늦가을 비 내리던 날
호수 위로 떨어지는 빗방울이
조용히 파문을 일으킬 때

따뜻한 한 잔의 커피를 들고
말없이 상념에 젖은 한 사람
조용히 호수를 응시하다
늦가을 호수에 마음이 "퐁당" 빠져듭니다.

겨울 계곡 / 임재화

높은 산 흰 눈 쌓여도
아무런 말 없고
지나던 길손 또한 아무 말 없다.

하늘에 떠 있는 흰 구름
허공을 힘차게 날갯짓하는
새를 따라 함께 날며

겨울 산 깊은 계곡
얼음처럼 맑은 물 흐를 때
내 마음도 함께 따라 흐른다.

순간 무겁던 마음 내려놓으니
오롯이 계곡 물처럼 맑아져
돌아갈 생각마저 잊었다.

겨울 풍경 / 임재화

백두대간 정기를 이어받은
가섭산 눈앞에 우뚝 솟아 있는데
갓 지은 목화 솜이불 덮은 듯
온통 하얀 눈으로 뒤덮여 있고

산골짝 아래 깊숙이 자리 잡은
천 년 고찰 미타사는
동면 冬眠하고 있듯이
눈 속에 푹 파묻혀있다.

가섭산 골짜기 깊숙한 곳의
천 년 고찰 미타사에서
오늘도 어김없이
저녁 예불 알리는 범종 소리가

백룡희주형(白龍戱珠形) 길지에
자리 잡고 있는 공원묘지에
우뚝 서 있는 황금색 지장보살은

혼탁한 세상을 정화하면서
온 세상을 향해 일깨우듯
장엄하게 울리고 있는데

하얀 설경 속에서 더욱 빛나고
옹기종기 모여 있는 산마을도
눈 속에 푹 파묻혀 잠들어 있다.

저만큼 산자락에서 쌩하고
찬바람이 불어 젖히는
매서운 한파가 몰아치는 저녁입니다.

가섭산 : 충북 음성군에 있는 산 이름 / 미타사 : 가섭산 골짜기에 있는 천 년 고찰(千年 古刹)
백룡희주형(白龍戱珠形) : 풍수 용어로서 백룡이 여의주를 물고
희롱하며 놀고 있는 곳처럼 길지를 풀이한 사자성어

시인 **임종구** 편

♣ **목차**

♪ **시낭송 QR 코드**
제 목 : 만년필
시낭송 : 박영애

프로필

· 대한문학세계 시 부문 등단
· (사)창작문학예술인협의회 정회원
· 대한문인협회 대전충청지회 정회원
· 문학애작가협회 정회원
· 화암문학회 정회원
· 호수시문학회 정회원
· 대한창작문예대학 6기 졸업
· 문예창작지도자 자격 취득
· 대한창작문예대학 졸업 작품 경연대회 작품 은상 수상
· 대한문인협회 주관 특별 초대 시인 작품 시화전 선정(2016)

· 대한창작문예대학 졸업 작품집 "동반의 여정" 공저
· 현대시를 대표하는 "명인명시 특선시인선" 선정 (2017) 공저

만년필 / 임종구

반세기 동안 님 그리워하며
내게 찾아온 만년필

걸어갈 때마다
사각사각 소리 내며
잘도 다니네

오늘은 어디로 갈까
울긋불긋 단풍잎 속에
살포시 내려앉은 작은 속삭임

흰 종이배에 내 맘을 담아 잘도 떠나가네

비가 오면 처마 밑에 똑똑똑
눈이 오면 발자욱에 뽀도독

너는 너는
내 맘을 가져가는 작은 마술사
내 맘을 그려내는 나의 혼령이어라!

제목 : 만년필
시낭송 : 박영애
스마트폰으로 QR 코드를 스캔하면
시낭송을 감상할 수 있습니다.

임종구 시인

꿈꾸는 낮달 / 임종구

아침에 태양을 맞이하며
나는 잠시 꿈속을 흐른다.

모두 잊혀 가는 시간
나만의 평온이 흐르고 고요한 명상 속에
보이지 않는 사랑이 뇌를 훔치고
내일의 만월을 달구며
희망의 꿈을 꾼다.

누구나 다 자기의 할 일이 있고
책임과 의무가 존재하듯이
나도 내 생명이 다하는 날까지
너를 바라보며 내 꿈을 너에게 주노라.

희망이란 언덕에서
번뇌의 어두운 굴속 늪에
한 계단 한 계단 생명의 빛을 주리다.

세상은 도는 것
사차원의 공간 속에 나를 던져 놓
내가 그 흐름에 강물이어라.
지혜는 순리이고
시간은 역사이니라.

오늘의 나의 꿈이
너는 나를 그리워하리라.
수퍼문의 존엄 속에
기쁨과 구원의 눈빛으로
바라 보리다.

억새풀 / 임종구

무엇이 그리 힘들었나
이름조차 억새어라
까칠까칠 까칠라고
이름까지 바꾸었니

가을의 절정 시시월에
은빛 물결 멀고 머니
살랑살랑 내 마음을 델고 가네.

오소산 산자락에
노오랑 벼 이삭 가득하니
내 마음
뿌듯함에
산꼭대길 쉴 새 없네.

제주에야 산굼부리
민둥산은 민둥민둥
억새풀은
오서 오라고
오서산이 장관일세.
어쨰거나
어쨰거나
억새풀은 호방하여 이다!

동행 / 임종구

검은 머리 파뿌리 될 때까지 살자며 약속한 그날
곱고 아름다운 눈빛으로 마주 보며
아침 이슬 촉촉하게
사랑의 속삭임에 행복을 느낀다

시간의 흐름도 아랑곳없는
연인의 첫사랑처럼
청사초롱 불 밝힌 머나먼 여행을 떠난다

신뢰와 소통으로 공유하며
희생과 배려의 상념으로
행복한 결실의 분신을 탄생시키며
아름다운 삶을 마음껏 영위해 본다

세월의 흐름 속에 만고풍상(萬古風霜) 헤쳐가고
믿음의 동반자로 황혼의 여정 속을 거닐며
무관심 없는 지향 속에 늘 경청하고
아름다운 낙원에서 생을 장식하는
북망산천(北邙山川)에서 잠들고 싶다

홍엽 / 임종구

황혼빛 하늘 아래
천염으로 덧칠한 가을 잎사귀
내 가슴속 심장으로 물 들었네

깊숙하고 고요한 산 골짜기마다
허리를 감도는 빨갛고 노란 잎들이
솜사탕 마냥 뭉개 뭉개 얽혀
산세 풍경 절정에 다 달았네

피톤치드 부드러운 숲 향기가
내 삶에 사활 되어 취하게 만들고
비 오는 날 단풍잎의 물 보석은
영롱한 비췻빛 호수 되어 내 맘을 감싸네

가을의 끝자락에 홍조 띤 수림 속은
마음으로 그려내는 한 폭의 산수화
세속과의 인연을 떼어놓고
번뇌 벗는 신비로움으로 자태를 뽐내네

내 얼굴 / 임종구

새벽 아침 까치 소리에
반가운 손님이 오시려나 보다

졸졸 흐르는 시냇물에 내 얼굴을 비춰보니
유성처럼 떠오른 아버지의 미소를 보았다

곰방대 담배 연기 속에
구수한 옛날이야기가 묻어나고
낚싯줄에 매달린 잉어는
애원하듯 슬픈 눈물을 흘린다

참되고 우애롭게 살라 하시는
비타민 같은 아버지의 교훈 속에
지천명의 세월을 회상해 본다

오늘도 아버지의
그리운 사랑에 내 모습을 보며
남은 여정의 이정표를 잡는다

강철은 뜨거운 용광로 속에서 단련되고
꽃은 진한 거름 속에서 다시 태어나듯이
나는 또다시 새 희망의 아침을 맞는다.

북한산 단풍 / 임종구

그윽한 눈빛
부끄러워 빨간 홍조
님에 마음도 홍심이라

때론 빨갛게
때론 파랗게
물들 때

오늘은 님 그리워
노란색으로 갈아 입었네

한잎 두잎 떨어지는
낙엽 위에 붉게 물든 노을 속
지는 태양 슬퍼 마라
너는 내일이면 다시 피어나리

나는 나는
오늘 이길 지나가면
다시 오지 않는 이길
길을 따라 내 인생도
너무 아프게 지나가리

사랑하면 사랑할수록
그리워 그리워서 가슴 조아리며

오늘따라 그대가 보고 싶어
마음빛 술 한잔에
울긋불긋 내 마음도 물들었네

여백의 미 / 임종구

꽃이 아름다운 것은
꽃 뒤에 자리 잡은
자연 배경이 있기 때문이고

구름이 아름답게 보이는 건
구름 위에 펼쳐있는
파란 하늘이 있기 때문입니다

밤하늘에 별이 아름답게 보이는 것은
태양이 숨어버린
까만 공간이 있기 때문이고

여인이 아름답게 보이는 것은
여인을 보고 있는
남자인 내가 있기 때문이다

이렇듯
세상은 하나를 위해 열이 존재하고
나의 빈자리가 있기에
내 삶도 아름다운 것이다

황홀경 / 임종구

가느다란 어깨에 둘러멘 태양은
삶의 고난과 역경을 짓누르고
붉은 마왕의 쨍그랑 칼날 소리에
번개 치는 핏줄기는 하늘 높이 솟아오른다.

어두운 그림자의 영혼 인양
거칠어진 숨결의 피아노 소리는
페로몬 같은 산딸기 향내음에 도취되어
잔잔한 가슴으로 사랑을 녹인다.

보는 것만으로도 황홀하고
만져보는 것만으로도 상온 한데
찰나의 속삭임에 뜨거워진 입술
너와의 입맞춤은 우주 속에 무아지경 이련다.

먼 여행이 시작될 즈음
내 몸속으로 빠져드는 너의 속살은
경직됐던 내 몸뚱이에 큐피드 화살 되어
붉은 용암 토해내듯 오르가슴 만끽하니
내 삶의 거침없는 휴복(休復)이어라.

등대 / 임종구

석양의 노을이 떠나간 자리
외로움의 등불이 되어
수많은 생명에 빛을 주고
행복의 보금자리로 인도하는 너는
혼자 있어 많이 무섭지만
너를 바라보는 마음이 있으니
그래도 삶이 행복하다.

평범한 인생
종족 번식의 법칙 따라 내 삶도 존재하고
자식 잘 되기만을 핑계 삼아 살아왔으니
이젠 나에게도 새 삶의 이정표가 필요하다.

열심히 사는 것이 아름다운 삶이 아니다
꿈이 있다고 행복한 삶이 아니다
어두운 길에서 한줄기 빛이 있듯이
수평선 끝에서도 희망의 빛은 늘 기다리는 것이다.
지금 내가 바라본 등대는
자신보다 남을 위해 살아가는
희망의 등불이었구나.

시인 **장계숙** 편

🎵 시낭송 QR 코드
제 목 : 소나기
시낭송 : 김락호

프로필

· 동해 거주
· 대한문학세계 시 부문 등단
· (사)창작문학예술인협의회 정회원
· 대한문인협회 강원지회 정회원
· 대한문인협회 금주의 시 선정 (2015.11 / 2016. 11)
· 2015 대한문인협회 한국문학발전상
· 2016,2017 명인명시 특선시인선 선정
· 2016 한 줄 시 짓기 전국 공모전 금상
· 2016 순우리말 글짓기 전국 공모전 은상

순수의 시간 / 장계숙

고뇌의 시작은 늘 욕심 때문이다
가끔 생각이 끊어진 곳에
복잡함이 사라진 고요가 좋다

삶의 어느 단면이
해맑게 웃고 있을 때
알알이 박힌 순수가 예쁘다

관념은 순수 위에 축적된 내적 속삭임
마음 달아나지 않도록
순백의 바닥을 본다.

바다 / 장계숙

차갑고 독하다
바위에 이끼 같은 생의 자태
욕심을 후벼낸 천국이다
숨죽인 영혼이 엎드려
녹아내린 삶의 가닥에 물기를 찾는다

단단한 표면을 옆으로 옆으로 더듬으며
뿌리 없는 통증에 가슴팍이 쓸려도
기어코 푸른 싹을 틔우고
하늘엔 꿈이 나부낀다.

장계숙 시인

어둠 속의 산책 / 장계숙

어둠이 내리면
까맣게 누운 건물의 선을 따라
생각이 걷기 시작한다

낯익은 얼굴과의 유대
가슴 가득 움켜쥐고
기억의 푸른 길을 미끄러지지 않으려
발끝을 세운다

고독이 주는 막연한 욕망
어둠의 사막을 산보하며
도처에 깔린 즐거움을 본다

낭떠러지에서 떨어진들
어둠 속 어둠에서 자유로운 걸
나른한 기억의 풍요가
밤새도록 꾸러미를 풀고
아침이면 다시 기억 속으로 숨는다.

헤비메탈 마니아 / 장계숙

즐거움이 사라진 돌연한 끔찍함
진한 고독의 쓰디쓴 열정엔
살려는 광기로 가득하다

하루가 천 년같이 늘어져
모진 상황에 이유를 부여하고
한결같이 엎드려 눌어붙었다

소음일 수 없는 아름다운 회오리
메탈음 이면의 날카로운 환희
청춘의 고뇌와 절망을 씻던 폭풍
게걸스럽게 즐기는 아우성이다

마음의 엄격함을 부수고
바래고 무뎌진 영혼에
삶의 무료함을 달래는
무한한 의욕의 늪이다.

맘 털어내기 / 장계숙

자신의 삶을 글로 털어내고
홀가분할 리 없다

응집된 채 가라앉은 덩어리
힘겨움을 긁는 쾌감에
존재의 바닥은 흔들리고
그대로 벌거숭이다

덧없고도 우수에 찬 세월
오랜 습관의 피난처로 숨어도
다시 벅찬 아름다움이길.

놓친 것들에 대하여 / 장계숙

삶은 바로 거기에 있었다
솔직함 뒤에 오는 열병
마치 유배 자의 고독처럼
상승과 추락 사이 거품이 끓는다

그들로부터 오는 희망
성급함은 늘 위험한 무관심
우아한 의지는 구토하며
화해할 수 없는 모순을 이해했다

어쩌란 말인가
빈곤의 변함없는 집요함
끈기있게 요구하는 감미로운 융합은
오랫동안 지닌 내 삶의 고역이다.

장계숙 시인

오늘이여 / 장계숙

마음 끝을 구부려
어둠에 눈을 달고
뒷길을 분주히 오가니
또 욕심이다

세상을 옹둥그려 보는
짤막한 인습의 사고
혼란의 시작일 뿐

자신을 잡도리 하지 않고도
세상을 야무지게 사는 자
비루하기 그지 없다

세상을 자르는 칼을 쥐고도
비굴한 탐욕의 굴레에 갇혀
그 칼날은 결코 자신을 자르지 못한다

고고한 척 흐르는 난세
힘의 우열만 있을 뿐
지조와 절개의 탄식이여

우는 소리 슬퍼
모여든 약자들
그 정이 기특한 오늘이여

소나기 / 장계숙

파열의 통쾌함이다
상처로 내리는 가시덤불
냉담한 차가움이 수직으로 꽂힌다

거친 물방울이 튀어 올라
가슴을 찌른다

빈틈없는 장막
힘차게 다투어 내려도
머물지 않는 후련함

삶의 진의를 드러내며
고통을 깔보는 자기회귀
스스로 연마하는 쏟아짐에
운명처럼 또
고독이 내린다.

제목 : 소나기
시낭송 : 김락호
스마트폰으로 QR 코드를 스캔하면
시낭송을 감상할 수 있습니다.

두려운 만남 / 장계숙

책 속에선 늘 바람이 분다
신선한 활자들이 향기를 일으켜
취하도록 쓰다듬고 있다

책장을 넘길 때마다
지면을 타고 올라와 조금씩
심장 속으로 스미던
숱한 감동의 진리가 이젠
조금도 기쁘지 않다

관념에 중독된 영혼
짜릿한 촉수를 가두고
영혼을 고립시키는
금속 같은 심장이 되었는가

무차별 경지에 가 보고 싶었던
그 과욕의 슬픔이
더는 내게
영혼을 내어주지 않는다.

비판 / 장계숙

너무나 강렬하다
그 본질이 그러함에
입을 벌리고도 할 말을 잃었다

느닷없는 초조함은
가슴 찌르는 인식
현기증을 음미하고 있다

경멸이 아닌
훌륭한 감정의 고취
가슴 속 깊은 호된 응시인 것을.

시인 **전윤구** 편

🎵 시낭송 QR 코드
제　목 : 큰 크릇
시낭송 : 최명자

시작노트

〈 내 삶의 마지막 사랑 〉

사랑이란

탈진한 한 사내의 카타르시스〈catharsis〉
한 모금의 오아시스 같은 해갈〈解渴〉의 이슬
악을 쓰고 발버둥 쳐도 삼켜버리는
깊은 못〈淵〉 속의 물귀신 같은 것

껍데기에 둘러싸인 허상의 나
껍데기 속의 실존 아〈我〉를 발견한 기쁨
손주 주려고 숨겨 놓은 곶감 같은 것
아끼고 싶은 것

가라지와 알곡의 영원한 이별
가라지는 풀 수 없는 숨은그림찾기

우담발라〈優曇跋羅〉불사조〈不死鳥〉같은
절대치〈絕對値〉믿음

선악과〈善惡果〉를 삼켜버린 아담의 마음

어항 속의 금붕어처럼 속박되지 않은
한 쌍의 방생 되는 새끼 은어의 삶
자유스러운 세계 새 삶의 신호
두 날개 나풀거리는 비둘기 같은 여자

아직은 살 가치가 있다는 걸 가르쳐 준 여자.

홍어처럼 살리라 / 전윤구

등푸른생선 양반 고기 청어
어물전의 문둥이 손때 타는 홍어
살아 있을 땐 청어 중의 청어 고등어
죽어 썩고 나면 진미 중의 진미 홍어
모든 것은 썩는다 푹푹 썩고 만다

비릿 비린내 역겨운 고등어 같이는 썩지 말자
입맛 밥맛 다 없을 때 반찬 맛 홍어처럼 썩자
시골의 맛 된장 맛 홍어처럼 썩자
청어같이 살자 홍어처럼 죽자
죽고 난 뒤 홍어처럼 썩자

난 홍어처럼 살리라.

전윤구 시인

내 삶의 마지막 사랑 / 전윤구

이미 약속된 무의식 속의 우연
자그만 두근거림의 만남
텔레파시의 실체 확인
최후가 될지도 모를 행운의 포착

운명이 아닌 숙명도 아닌
필연의 마주침
여울목의 조심스러운 물결파들
지친 나그네의 안식처로의 안내

소담스러운 한 송이 꽃
동굴 속의 한 줄기 햇살
질투하는 하나님의 장고 끝의 배려
내 삶의 마지막 사랑

미〈美〉
맛깔스러운 봄풀 같은 내음
보일 듯 말 듯 절제된 미소
어린 처녀의 갓 피어난 부끄러운 홍조
풋풋한 풋사과 내음

정〈貞〉
호박꽃같이 후덕한 여자
그리고 난초를 닮아 은은한 여자
은장도를 품은 듯 날카로운 여자
그러나 산촌 새색시인 양 끌리는 여자

사립문 울타리 곁에 홀로 서 있는
봉숭아 물빛만큼이나 여린 여자
하지만 고고〈孤高〉한 자태 자연스러운
생명력이 떠오르는 억새꽃 같은 여자

사랑이란

탈진한 한 사내의 카타르시스
한 모금의 오아시스 같은 해갈〈解渴〉의 。
악을 쓰고 발버둥 쳐도 삼켜버리는
깊은 못〈淵〉 속의 물귀신 같은 것

껍데기에 둘러싸인 허상의 나
껍데기 속의 실존 아〈我〉를 발견한 기쁨
손주 주려고 숨겨 놓은 곶감 같은 것
아끼고 싶은 것

가라지와 알곡의 영원한 이별
가라지는 풀 수 없는 숨은그림찾기
우담발라〈優曇跋羅〉 불사조〈不死鳥〉 같은
절대치〈絶對値〉 믿음

선악과〈善惡果〉를 삼켜버린 아담의 마음

어항 속의 금붕어처럼 속박되지 않은
한 쌍의 방생 되는 새끼 은어의 삶
자유스러운 세계 새 삶의 신호
두 날개 나풀거리는 비둘기 같은 여자

아직은 살 가치가 있다는 걸 가르쳐 준 여자.

괴짜 / 전윤구

동쪽의 땅 봉이 김선달 서쪽의 땅 돈키호테
괴짜의 닮은꼴 동서양 원조라오
사람은 태어날 때 선천성 괴짜
천재와 괴짜는 지남철 양극이라오
수학 시간 부정의 부정은 긍정
허나 속물 눈에는 천재만이 보이오

눈뜬 봉사 눈먼 장님 모두 다 애꾸눈
반이라도 볼 수 있으니 위로가 되오
에디슨 가라사대 천재란
9할의 노력과 1할의 영감
불현듯 에디슨의 정의에 반감이 드오
천재와 괴짜는 샴쌍둥이

후천성 괴짜 결핍증 환자들이여
왜 인간사회는 천재만이 필요한가
괴짜를 돌아볼 수 있는 여유를 갖자
괴짜는 철학의 아버지의 아버지
칸트의 철학은 괴짜의 사상
사람은 무엇으로 사는가

괴짜를 이해하려고 노력하자
괴짜가 되기 위해 발버둥 좀 쳐보자
괴짜란 사회의 필요충분조건 필요선〈必要善〉이다
괴짜의 정의를 내려야겠다
천재는 괴짜다 고로 괴짜는 천재다
괴짜의 세상을 만들어 보자.

연(淵) / 전윤구

연(淵)의 집착 보조개 살포시 진 연꽃 봉오리
남몰래 피고 지는 아지랑이처럼

문득 나타났다가 도적처럼 가버린
못(淵)의 서러운 추억 황홀한 불 칼날 자국

목발 짚고 깁스한 채 웃고 있는 못
타락의 끝 자아(自我)의 마음자리 휴식처

자그마한 몸짓 수줍은 미소
화들짝 깨어나면 부질없는 꿈

소용돌이 같이 휩쓸고 간 열병의 흔적
그때 그 자리 꺾여버린 연꽃.

전윤구 시인

인도의 향불 / 전윤구

지구가족 애물단지 굶주림의 원조
헐벗음 길바닥 잠 업보로 아오
윤회 사상 꼭 붙들고 평생을 사오
전생의 고관대작 이생의 행려병자
체념하고 포기하는 슬기가 있소
후생〈後生〉을 준비하는 절제가 있소

콜코타의 밤은 쓸쓸한 밤 즐거운 아침 칼리가트
알 수 없는 힘이 있소 활력이 넘치오
마더 테레사 수녀님의 숨결이 전해오오
하루 끼니 걱정하며 살아가지만
인도는 부처님 고향 만국〈卍國〉이라오
길상만덕〈吉祥萬德〉 믿고 사는 참인간들이오

숭앙〈崇仰〉이 실재〈實在〉하는 나라 해갈의 낙원
임금의 아들 석가 보리수 수행
팬터마임 침묵의 마하트마 간디
깨어나라 천축국〈天竺國〉 크리슈나무르티
인도는 천축〈天軸〉 하늘의 돌기둥
세계인의 등대 인도의 향불

세계인이여 일어나자 인도를 살리자
재도 없이 꺼져버린 향불을 피우자
불씨를 보내자 기름을 싣자
활활 다시 한 번 피워보자
돌기둥 무너지고 돛단배 뒤집히기 전에
인도는 지구의 중심 인도를 알자
세계인의 스승 인도인 인도인을 닮자.

진실한 꽃 / 전윤구

우리의 뇌리에서 가슴속에서
까마득히 잊히고 묻힌
대한민국 국화 무궁화

삼천리 방방곡곡 벚꽃 천지이지만
아무리 찾아봐도 띄지 않는 무궁화
이웃 나라 국화 사쿠라 벚꽃이 아닌
우리나라 국화 진실한 꽃 무궁화를 키워내자

한 그루 무궁화 심기 운동을
기분 좋은 신드롬을 일으켜 보자
한반도 어디에서든 무궁화 꽃향기 그득하도록
그리고 한바탕 벌여보자 멋들어진 무궁화 잔치를

무궁화를 기억하자
무궁화를 사랑하자
무궁화는 대한민국의 정신이다.

전윤구 시인

빅토르 최 / 전윤구

빅토르 최를 아시나요
빅토르 최는 소비에트 연방을 해체한 인물
민주주의를 끌어낸 위대한 선구자
자랑스러운 한국인 한인 3세
요절한 천재 예술가 신의 필요로 데려간 사람

스탈린에 희생당한 고려인의 후손
시베리아 삭풍 이겨낸 의지의 사나이
페레스트로이카의 원동력 고르바초프의 후원자
슬라브족의 대부 소수민족 빅토르 최
변화를 부르짖은 시대의 풍운아

빅토르 최여 한민족을 잊었는가
그대의 뿌리 마음의 고향 한반도를 버렸는가
새 모습으로 부활해서 외쳐주오
이 나라 온 국민이 깨어날 수 있도록
변하자 개혁하자 확실하고 올바르게 변하자

세계인이 되자.

사람의 글자 / 전윤구

도요새보다 드높이 하늘을 날고
태평양보다 한없이 넓은 천지(天池)의 마음
사랑하고 도탑게 살아가리라

신뢰가 깨어짐에 절망하고
온 가슴 시퍼렇게 멍들어도
감싸고 아우르며 살아가리라

인(仁)자를 새겨보자 온몸에다
세상에서 가장 쉬운 것
인심(仁心) 사람의 글자 인(仁)이라오.

큰 그릇 / 전윤구

농부가 밭을 가는 마음 깊고 깊은 믿음
가을이 오면 옥수수 타작하리라
물구나무서면 온 땅덩어리 들고 있듯이
인간의 큰마음 초하룻날 덕담의 뿌리

꽁치 팔아 쏟은 정성 하늘도 아셨소
개천에서 용 났네 만부당의 말씀
동해 물에서 큰 용 승천하셨소

큰 그릇이라는 요술 거울
철든 손오공의 마음 씀
다 함께 요술 거울에 보여주오
이목구비 훤하게 비치도록

'큰 그릇'이라는 글자 나타나도록.

제목 : 큰 그릇
시낭송 : 최명자
스마트폰으로 QR 코드를 스캔하면
시낭송을 감상할 수 있습니다.

시인 **정병근** 편

♪ 시낭송 QR 코드
제 목 : 연애소설
시낭송 : 최명자

시작노트

첫 문장 두 번째 문장
웬만하면 이해하기 어려운 단어들의 모순
서로 양립할 수 없는 관계
1연이 어릿광대 사랑이면
2연은 공 세 개로 저글러 하는 묘기
잘못하면 땅에 떨어져
반신불수가 된 단어들…

3연은 엄마의 한숨 소리 같았고
4연은 아슬아슬 외줄타기
미아가 될 위기에 놓여 있다
이미 미아가 되어버린 그들도
시인의 손끝에서 바스락거리는 소리를 내며
순서대로 정렬되고
시인은 언어의 텃밭에다 씨를 뿌린다.

정병근 시인

탄생(誕生) / 정병근

온갖 삼라만상이
용솟음치는 잉태에
세상 밖으로
모습을 드러내는 생명(生命)

춘삼월 호시절(春三月好時節)
개나리 목련화가 피고
벚꽃이 팝콘 튀듯
피어 오르는 아름다운 날

W. 여성병원에서는
이미 갓 태어난 아가와
유리막 사이로
연신 웃음 짓는 가족들.

엄마의 산고를 엿듣고
알집을 열어
우리 가족의 축복 속에서
아가가 태어났다

꿈틀대고 탱글탱글
야무지게 하품하는 입,
고놈 참,
신기하고 예쁘다

크나큰 축복 속에서
아가를 둘러싸고
유리창 너머로 *또미를 부르며
환성(歡聲)을 지른다

건강한 모습의
아기엄마에게도 고맙고
또미가 건강하게
태어나줘서 고맙다

무럭무럭 건강하게 자라거라
아가야~

또미 - 태명(胎名)

행복에게 / 정병근

뿌연 안개 걷힌 다음 날
이윽고 행복이 빛을 안고 찾아온다

늘 행복한 그대여
감사하게도 오랜만에 찾아주니
몸 둘 바를 모르겠습니다

가끔은 그대와 함께 하는 날
슬픔 따윈 잠시 잊고 삽니다
언제까지 행복하겠는가요?

오늘도 내일도 함께해주오
언제 떠나갈지는 알 수는 없지만

날 잊고 떠나갈 그대
나는 항상 모든 준비가 되어 있습니다

어느 날 내 곁을 떠나간다 해도
또 언젠가 그대가 올 것을 믿기에…

정병근 시인

아기 바람의 꿈 / 정병근

아기 바람 하나가
억새 숲에 숨어 있다
아기 바람 쉬어가는
포근포근 억새 숲
하얀 꽃 구름 팔랑팔랑
엄마 바람 싱싱
아기 바람 둥둥
엄마 바람 쌩쌩
황금빛 들판에
아기 바람 잠들었다
갈길 바쁜 엄마바람
아기 바람 찾아 씽씽

잠에서 깬 아기 바람
엄마 바람 찾아 동동
엄마 바람 찾아 둥둥
꼬리 달린 가오리연
에헤야 잘도 난다
아기 바람 꿈을 싣고
덩실덩실 춤을 춘다
억새꽃 흔들흔들
엄마 바람 쌩쌩
바람을 타는 방패연
아기. 엄마 바람 꿈을 싣고
덩실덩실 춤을 춘다

소년의 첫사랑 / 정병근

노송 아래서 걷고 있으면
그때가 생각난다
솔 향 바람에 섞여
소년의 마음을 흔드는 아름다운 그 날.

바로 이 길이었다
그때 그 시절
설레는 소년의 열정이
첫사랑 소녀의 모습을 떠올린다.

세월이 흘러도
그 시간은 멈춰 있었다
약속한 적은 없지만
늘 그 시간에 걷고 있었다

소녀가 저만치 앞서 걸으며
가끔은 뒤돌아 본다
그들은 거리가 좁혀지지도
멀어지지도 않았다

산골 노부부 / 정병근

깊은 산골에 사시는 노인이
가을을 짊어지고 올라오고 있습니다
바작 위에 올라탄 가을을
마당에 쏟아 붓습니다
사과, 돌배, 감, 밤, 무화과, 대추
노인은 한숨을 몰아 쉅니다
푸~~

할머니가 한숨을 거둬갑니다
가을과 함께 부엌으로…
가을은 할머니 손에서 놀고 있습니다
그리고 쟁반 위에 놓인
가을을 얘기하고 있습니다
사립문을 열고
뛰어들어올 손주 녀석들을 생각하며.

연애소설 / 정병근

"내 마음을 가져봐"
연애소설 책.
나는 차분히 읽어 내려갔습니다

책, 줄거리는
만나고 헤어지고 또 만나고
해맑게 웃는 얼굴로
입맞춤하는 게 전부였습니다

읽는 내내 짜릿한 기분은 못 느꼈습니다
결국은 그 내용을 빠뜨리고
서로가 그리워하며 고뇌하는 장면만
끊임없이 이어져 갔습니다

무슨 연애 소설이 그렇습니까?

따지고 보면 남자 주인공이
살며시 훔친 입맞춤에서
별별 생각을 다 하고
황홀해질 수 있었지만…….

제목 : 연애소설
시낭송 : 최명자
스마트폰으로 QR 코드를 스캔하면
시낭송을 감상할 수 있습니다.

아내여! / 정병근

첫 번째 아내여!
기찻묏길 숲 속에 이름 모를 작은 꽃을 보면서
엷은 웃음 지으며 좋아하는
그때 그 모습처럼
나를 사랑해주오. 아내여!

두 번째 아내여!
자식 둘을 키우면서
생선 가운데 토막을 기꺼이 자식 앞에 놓아두고
엷은 미소 지으며 좋아하는
그때 그 모습처럼
나를 사랑해주오. 아내여!

세 번째 아내여!
어느 날 내가 허리 아프다며 끙끙 앓고 있을 때
측은한 얼굴로 지켜보며
밤새 허리를 주물러줄 때
그때 그 모습처럼
나를 사랑해주오. 아내여!

꿈속 동화 / 정병근

어머니와의 만남은
후림 비둘기처럼 왔다가 갔습니다
고난에 직면하여 분투할 줄도 알기도 전에
내 이름 한번 불러주고
어머니는 내 곁을 떠났습니다
그 이름이 소박하고 깨끗했던 삶은
보리 똥 같은 자식 사랑,
빨간 구슬 주렁주렁 열매 사이를
한 바퀴 돌아. 어머니는
나비 되어 날아갑니다.

정병근 시인

동생에게 / 정병근

시리게 느껴지던 밤
시간을 되돌려달라고 기도하고 있었다.
오랜 시간 혼수상태에서
눈만 깜박거리며
밤을 지새웠을 너의 여명이 눈에 선하다
가장 힘들게 중얼거렸을 대사

"아주머니 고마워요"

.

.

그동안 너무나 많은 도움 주셔서 감사합니다
내 동생이 그래요
오랜 세월을 혼자 지내다 보니
밥이랑 김치랑.
따듯하게 대해주면 오랫동안 못 잊어요

둘은 좋은 결말은 아니었나?
천국에서 때때로 돌아볼 선한 얼굴
네가 죽은 줄도 모르고 너의 안부를 묻더라.

까마귀 날자 배 떨어지다 / 정병근

먹다가 반쯤 남은
술 냄새만 맡아도 취할 것 같다

얼마나 속이 문드러졌으면
그걸 다 마시지도 못하고 꼬꾸라졌을꼬,

밤이 깊어가는 둘만의 시간
한쪽이 죽었어도
다른 기러기와는 짝짓기를 하지 않는다

해남댁을 지키고 있는 날파람둥이
그이가 이리저리 빠대다가 돌아올 시간이다

그럴 거면 다시는 오지 말라며
외상 술값부터 외고 있다

문 닫을 시간 자시(子時)
술에 취해 비틀거리는
남자를 부둥켜안고 막 일어서는 순간

시인 정상화 편

🎵 **시낭송 QR 코드**
제 목 : 아이스께끼의 흔적
시낭송 : 박태임

프로필

· 아호 봄결
· 울산 울주 배내골 출생
· 대한문학세계 시 부문 등단 / 신인문학상 수상
· 문학愛작가협회 정회원
· 대한문인협회 부산경남지회 정회원
· (사)창작문학예술인협의회 정회원
· 2017 명인명시 특선시인선 선정
〈저서〉
· 시집 "스스로 피어짐이 아름다운 것을"
〈공저〉
· "그대라는 이름하나", "문장 한줄이 밤새 사랑을 한다"
· 문학愛[통권] "여름", "가을"
· 문학愛[5차] "문학愛 가을 향기 품다"

정상화 시집
**"스스로 피어짐이
아름다운 것을"**

아이스께끼의 흔적 / 정상화

배내골 이천분교
봄 소풍 가는 날
일 학년 가슴은 설렘으로 꽉 찼다

사각 도시락 보리밥 멸치볶음
보자기 대각선 둘러매고
봄바람 맞으며 장구메기 넘어
사십 리 걸어 석남사

"아이스—께끼 ～" 처음 듣는 외침
십 원 주고 다섯 개 받아 쥐고
달콤 시원함에 젖었다

네 개는 빈 도시락에 담아
아부지 엄마 동생 얼굴 그리며
즐거운 달음박질

어둠이 깔려 사립문 들어서고
가족들 둘러앉은 앞에 으스대며 도시락 뚜껑 연 순간
막대기 네 개 나란히 누워 있었고

한참을 억울해서 울었다

제목 : 아이스께끼의 흔적
시낭송 : 박태임
스마트폰으로 QR 코드를 스캔하면
시낭송을 감상할 수 있습니다.

정상화 시인

소깝빼까리 / 정상화

팔십 둘 어무이
배내골에서 태어나
오두막 고개 넘어 택시를 첨 본 순간
소깝빼까리 굴러간다라고 했다
그 아들
열두 살 때
엄마따라 언양장 가면서
버스를 처음 본 순간
집이 굴러간다라고 했다
그때 어무이
큰아야 집이 아니라 빠스라고
가르쳐주셨다

그 아들 시인이 되었다

소깝빼까리 : 푸른 솔가지를 땔감으로 사용하기 위해 쌓아둔 더미

수잉기(穗孕期) / 정상화

벼의 새끼는 이삭이다

뿌리에서 네 번째 마디에
이삭(穗)이 배어(孕) 배가 불러
볼록볼록 온 들판이 임신 구 개월
벼 포기마다 투명한 잎새로 벼알이
금방이라도 터질 듯한 순간이
수잉기다

저 신비스런 순간을 보라
햇살이 퍼지자 일제히 벼 이삭을
밀어 올려 타닥이는 힘찬 광경

고개를 내밀고
꽃받침을 벌려 암술과 수술이
뒤엉켜 살랑이는 바람결에
사랑을 나누고 알곡을 채워간다

영글어 갈수록 고개를 숙이는
저 겸손하고 숭고한 모습

출수(出穗)와 영글음을 지켜보는
애비의 심장이 터질 듯 부풀어
환한 미소를 짓고 있다

강아지풀 / 정상화

길섶 어디에나 지천으로 자라
눈길 받지 못한 평범한 초록 꽃
땅에 닿을 듯한 허리 굽힘
부는 대로 순응하며 꺾이지 않는 속내

가슴에 담은 소중한 사랑으로
흔들림으로 위장한 눈물겨운 춤사위
속으로 푸른 독기 머금고
겉으로 환한 미소 짓는 강아지풀

살랑 바람 밀려온 순간
말라버린 하얀 꽃대공
수백 마리 강아지 떼 되어
콩콩 짖어 꼬리 흔들며
깨알 같은 까만 진실 토하고 있다

호박 / 정상화

밭 귀퉁이 뿌리 박아 피어난
진노랑 호박꽃에 유혹된 허느적거림
소박하고 도톰한 꽃잎 코끝에서 엄마
젖내음이 난다

못생긴 여자를 호박꽃에 비유함은
꿀도 풍성하고 꽃가루도 깝뿍하니
아름다움 홀로 즐기려 지어낸 헛소리다

보리쌀 씻은 물에 호박꽃 쫑쫑 썰어 보리장
호박잎 푹 쪄서 빡빡 된장에
애호박 볶음
어린 시절 둘레판 주인공이었다

시리도록 푸른 가을 하늘이고
풍성한 누렁뎅이 돌담을 깔고 앉아
꽉 찬 농익은 유혹에 까무러친다

정상화 시인

살처분 / 정상화

우람한 장정 네 명이 시커먼 얼굴에
모자랑 푹 뒤집어쓰고 밧줄로 주둥이를 묶고
귀로 걸어 두 사람 밀고 한 사람 당기고
그래도 버티면 몽둥이로 두드리고
꼬리 꺾어 차에 싣는다
"몇 마리고?"
"마흔세 마리입니다"
소차 뒷문이 열리고 육백 칠십 킬로그램 소리치자
순둥이, 쌍둥이 새끼를 옆에 끼고
구덩이 쪽으로 끌려간다
"귀표번호 10022467"
—확인
도수, 입술을 깨물며 납탄총을 순둥이 정수리에 쏜다
집채 넘어가듯 쓰러진 어미 소
퉁퉁 불어 있는 젖통
쌍둥이 송아지 젖꼭지 물고 빨아 댄다
—꿀꺽꿀꺽
또 다른 도수 뾰쪽한 망치로 송아지들을……

덫 / 정상화

어둠이 내릴 무렵
왕거미 큰 나뭇가지에서
바람 타고 맞은편 가지에 오가며
꽁지에 투명한 끈끈이 사출하며
덫을 놓고 있다

바람을 이용한 번지 점프
빙빙 돌며 밖에서 안으로 한 코
한 코 투명한 그물을 엮어 가더니
중앙에 죽은 듯 먹이를 기다린다

잠자리 멋 내며 날으다
보이지 않는 거미줄에 걸려들어
파닥일수록 옥죄어지고
주검 되어 체액을 빨리고 있다

죽음의 그림자 모르고 조심성
없어 거미 밥 자초한 네 모습
방관한 공모자의 가슴도 저민다

먹고 먹히는 인간사
생존을 위함이야 그렇다 치고
부른 배 더 누리기 위한 탐욕의 덫은
어찌할꼬
갈 땐 손 펴고 가는데

정상화 시인

산다는 것 / 정상화

사랑으로 피었다 지는 꽃
미움으로 피었다 지는 꽃
사랑도 미움도 선택할 수 없지만
주어진 자리에서 꼼지락거리며
웃고 있다

양지든 음지든 떨어진 자리에
싹틔우고 초록으로 물 들 땐 몰랐다
피우는 순간 각자의 색깔로 보여지니
수군수군 이쁘고 못생김을 재단한다

꽃잎이 떨어지는 순간 돌아서는
야속함이 자신의 모습임을 모른다
화려한 꽃도 이름 없는 꽃도
비바람 받아낸 산고의 결과임을 인식하지 못한다

가슴을 칼로 도려내어
구석구석 보아도
내가 원했던 답이 있을까
심장엔 피만 흐를 뿐

아름다움이 영원하다는 착각 속에
피고 짐이 같음을 모른다
이 순간이 영원할 것이란 착각 속에
삶과 죽음이 같음을 모른다

태어난 순간 죽음을 향해
걷고 있으니 한 발 한 발
미소 지으며 이쁘게 걸어야지
산다는 것은
한순간 짜릿한 느낌에 일생을
담는 것이 아닐까

가지치기 / 정상화

감나무 가지 잡고
갈등에 빠져 허우적거리다
튼실한 꽃눈 남기고 잘라버린다

좀 전까지 한 몸이
선택되지 못한 체 잘려진 아픔 되어
툭 떨어진다
품었던 꿈과 함께

피어서 추한 꽃의 설움보다
피지 않음이 다행이고
억지로 피어지는 고통보다
스스로 피어짐이 아름다운 것을

죽을 때까지 끊을 수 없는
연의 끈 자른 농심의 가슴엔
동행할 수 없는 이별의
눈물 흐른다

떨어져 썩은 네 육신 부활할 때쯤
탐스런 감 탱글거리겠지
어차피 세상은
적자생존인 것을

정상화 시인

침묵하고 싶었는데 / 정상화

빡빡머리 머시매 여동생 업고 모내기 논 젖 먹이러 가던 길
물잡은 논 언덕배기
까만 오디의 유혹
나뭇가지 올라 한 옴큼 따서 입에 넣는 순간 어찌나 달콤한지
가지 끝으로 손 내민 순간
업었던 여동생 쏙 빠져
무논에 굴러 빠졌다

뻘탕된 얼굴 그냥 까맣다
골짝 물에 다리 잡고 흔들어
보니 이마 피가 흐르고
여동생은 울어울어 배내골
골짝 울리고
겁이 난 머시매 같이 울고

개울 건너 모 심던 엄마
달려오셔 젖 물리자 울음 뚝
그날 아도 못 본다고 얼마나
두들겨 맞았는지
그 여동생 이마 흉터 볼 때마다 철없는 미안함 피어난다

눈감는 순간까지 침묵하고
싶었는데
뒤돌아본 삶에 잘못된 흔적
하나둘 지워야
서산을 넘는 발길 사뿐사뿐하겠지

정지용 시인

향수 / 정지용

넓은 벌 동쪽 끝으로
옛이야기 지줄대는 실개천이 휘돌아 나가고,
얼룩백이 황소가
해설피 금빛 게으른 울음을 우는 곳,
－－－그 곳이 참하 꿈엔들 잊힐리야.

질화로에 재가 식어지면
뷔인 밭에 밤바람 소리 말을 달리고
엷은 졸음에 겨운 늙으신 아버지가
짚벼개를 돋아 고이시는 곳
－－－그 곳이 참하 꿈엔들 잊힐리야.

흙에서 자란 내 마음
파아란 하늘 빛이 그립어
함부로 쏜 화살을 찾으려
풀섶 이슬에 함추름 휘적시던 곳,
－－－그 곳이 참하 꿈엔들 잊힐리야.

傳說 바다에 춤추는 밤물결 같은
검은 귀밑머리 날리는 어린 누의와
아무렇지도 않고 예쁠것도 없는
사철 발 벗은 안해가
따가운 햇살을 등에 지고 이삭 줏던 곳,
－－－그 곳이 참하 꿈엔들 잊힐리야.

하늘에는 성근 별
알수도 없는 모래성으로 발을 옮기고,
서리 까마귀 우지짖고 지나가는 초라한 집웅,
흐릿한 불빛에 돌아 앉어 도란 도란거리는 곳,
－－－그 곳이 참하 꿈엔들 잊힐리야.

시인 **정찬열** 편

♣ 목차

 🎵 **시낭송 QR 코드**

제 목 : 갈림목의 여름
시낭송 : 김지원

프로필

· 대한문학세계 시 부문, 수필 부문 등단
· (사)창작문학예술인협의회 정회원
· (현)대한문인협회 본회 사무국장
· (현)대한문인협회 광주전남지회 정회원
· (현) 유한회사 남광전력 대표이사(1986.03~현재)
· 문예창작 지도자 자격증 취득
· 대한창작문예대학 제5기 수료
· 광주학생문화원(김봉학 강사)작가 수업 수료
· 대한문인협회 주관 한 줄 시 전국 공모전 "꽃비"장려상
· 대한문인협회 주관 순우리말 글짓기 전국 공모전 장려상 2회 (15년~16년)

〈공저〉
· "명인명시 특선시인선" 2014~2017 선정
· 특별초대 유화 전 "유화에 시의 영혼을 담다"
· 대한창작문예대학 "우리들의 여백"
· 동인지 "세월을 잉태하여"

갈림목의 여름 / 정찬열

이른 아침 아파트 창틈으로
요란한 굉음이 들려온다.
여름을 잘라내는 기계 소리다.

아파트 뒤쪽에는
조그마한 어린이 놀이터가 있다.
삭막한 도심에
파랗게 자라난 잡초 동산
끈질긴 생명처럼
무성하게 자란 클로버 잎

그토록 짓밟혀도 꿋꿋하게 자란 생명
이름 모를 잡초들
봄부터 생을 불태우며 자란 파란 잡초
한순간에 갈색 알몸을 드러내고 있다

풍경 진 동산에는
제멋대로 널브러진 풀잎
이 한여름을
갈라놓는 예취기 소리는
절규하며 울어대는 말매미 합창에도
잘려나간 운명의
여름은 그렇게 뚝뚝 떨치고 있다.

제목 : 갈림목의 여름
시낭송 : 김지원
스마트폰으로 QR 코드를 스캔하면
시낭송을 감상할 수 있습니다.

봄이 그리운 사람 / 정찬열

찬바람이
스며드는 옷을 걸치고
몇 개의 빈 상자를 싣고

힘겹게
손수레가 끌려간다.
눈발 날리는 길거리 도심에서

눈이 내려도
휴식을 취하지 못하는 건
단골 점포에 몇 개의 헤진 빈 상자

찬바람이 불어도
차 안에는 따뜻한데
나는, 출근하는 아침 시간에

에라!
거들지 못한 울컥함이
차량의 전열기를 꺼버린다

두꺼운
점퍼를 입고
무표정한 도시를 달리고 있다
온몸엔 따뜻함이 감싸기도 하는데

내리는 눈이
멎으면 좋으련만
빽 밀러에 비치는 할머니
따스한 봄이 그리울 텐데…!

격한 숨소리
버거운 한숨에서 찬 입김이
생과 봄의 여운을 함께 남긴다.

시월의 파노라마 / 정찬열

밭 언덕을 뒤덮은 호박이
불그스레 넝쿨을 지키고 있다
밭고랑에 둘러선 옥수수는
전 잎 되어 시들고 대만 푸르다.

피 변(彼邊)의 언덕을 지킨 감나무
잎은 떨어져 가고
누르스름한 감만 보인다.
고추 따는 아낙의 콧노래 흥얼거림에.
고추처럼 붉어져 가는 계절이다

자루 망태
이고 가는 옷 적삼에는
후덥지근한
땀방울이 등골에 베인다.
가을바람이 동행하며
따라온 것을 문득, 알았다.

대문 열고 돌아와
밥솥에 식은 밥을 퍼 담아
시원한 냉수에 물을 말아
풋고추 찾아 된장에 밥을 먹으려니
나도 모르게 눈시울이 적신다.
매운 고추도 아닌데…!

내 고향 뒷산에서
바라다보이는 파노라마
주인 떠난 까치둥지처럼 빈집 같다
오늘따라 그 옛날 정경(情景)이
허허로운 몽환에 바람만 냉랭하다.

아버님의 한뉘 / 정찬열

어슴새벽 일어나셔
삽을 들고 산들로 나가셔
어머님을 먼저 떠나보내신 외로움을
무덤 옆에 올라 무텅이 만드시고
그루터기 없애며 남새밭을 일구신다.

김치 안주에
막걸리 두~세 병
온종일 땅과 씨름하시던 애옥살이
기분이 좋으셔 술맛 속에 취하시면
큰아들이 사다 주신 북, 장단에 즐거우셔
홀로 가락 흥이 나면 손뼉을 치고 즐기신다.

감꽃 피고
밤꽃 향기 코를 스치며
아카시아 꽃향기가 흩날리고
풀과 나무는 무성하게 춤을 출 때
봄나들이에 벚꽃놀이 구경보다
된비알 산기슭 두메 꽃이 좋다 신다.

일곱 오누이 키우시며
잘되기만을 빌고 비시던 아버님
술을 적게 드시라는 오누이에게
누림의 술을 먹지 못한 그 날 그때가
한뉘에 어머님 따라나선다는 우리 아버님

어슴새벽 : 어스레한 새벽 / 무텅이 : 거친 땅에 논밭을 이루어서 곡식을 심는 일
남새밭 : 채소밭 / 된비알 : 산자락 / 애옥살이 : 가난과 궁핍에 쪼들리며 사는 살림살이
두메 꽃 : 깊은 산골에 피어나는 꽃 / 누림 : 인생의 참된 즐거움 / 한뉘 : 한평생
그루터기 : 나무나 풀 따위를 베어낸 뒤 남은 쪽 부분

영랑 생가 / 정찬열

생가 전경
해묵은 적송 목은 말없이 서서
곱새바주 왕대밭이 한울을 대신하며
고풍스러운 생가터를 감싸고 있다.

시비(詩碑)를
감싸 안은 해묵은 모란꽃 웃음 피어
꽃을 펼치고 갈무리한 씨 방울 영글고
"모란이 피기까지" 전시 중이다.

사적비
중요민속자료 영랑 김윤식 선생 252호
널따란 손을 내민 청록 잎 덧칠하고
담쟁이 넝쿨 잎이 업적을 감싸고 있다

고인 생가
고풍의 툇마루가 그날의 꿈속
액자에 담긴 사진 유품을 품어 안고
곱새녕 초가지붕 옛 정취를 끌어내고 있다.

시 문학파 기념관
고인의 넋과 향기를 담아놓은 보관소에는
이 땅에 문학의 뿌리를 내리게 한 9명의 산실
방문자 타임캡슐, 방명록은 세월의 노예가 되고

곱새바주 : 이엉을 토담 위에
       얹어 만든 울타리
곱새녕 : 초가집의 용마루 나 토담
    위를 덮는 지네 모양으로
    엮은 이엉

정찬열 시인

우정에 피는 향기 / 정찬열

안개 깊은
10월의 새벽
오십여 미터가 보이지 않은
짙은 안개에 차량은 거북이 되어
라이트 불빛마저 희끄무레하다.

잔뜩 긴장된
37년의 핸들은
겁 없이 스쳐 가는 차량에
가슴이 검게 타들어 가는
공포와 불안 속의 긴장이었다.

출발은
진퇴 양단으로
친구의 우정에 지킨 약속에
달리는 차도의 안개 낀 고속도로
차라리 터널 속이 맑고 밝은 것을

평소에
80분이면 당도할 목적지
이렇게 지루함은 목이 마르고
답답한 마음 가슴이 터지는 건
지루한 끝에 바닷가 햇빛이 반가움이고

가는 길은 짙은 안개 힘들어도
바다 위에 떠 있는 섬들처럼
구름 위에 놀고 있는 신선이 되어
바위틈에 피어난 노란 들국화 계절에
다도(多島)의 파도 속에 피워낸 우정에 낚시

인연(因緣) / 정찬열

이렇게
나와의 인연은
천생에 연분으로
정해져 있는 줄도 모릅니다.

서로의 만남이
우연이란 단어로
평생을 묶어 놓았을지라도
그대와 인연이라 기억하겠습니다.

수많은 별이
유혹의 덫에 걸려있는 내게
그 별이 내게로 다가오는 순간
나는 그만 자석이 되어버렸습니다.

우리는
감내하며 살아왔습니다.
청천 같은 벼락이 내게 떨어졌어도
온몸을 희생하며 나를 위한 희생을 감내하고

때로는
비바람이 몰아쳐 왔고
차가운 눈보라가 불어왔지만
당신의 지혜와 의지가 피가 되어

우러러보며
메마른 호강에 도리질하고
유유자적 강물만 흘려보내니
어언 금석을 껴안고 살아온 41계단

정찬열 시인

잔설(殘雪) / 정찬열

모두가
떠나고 없는 산속에
겨울을 지킴은 나는 알지요
살랑대며 유혹하는 훈풍에
없어지리라는 것을…!

뜰 양지
벗들은 먼저 떠나고
남은 것 중 한둘씩 말도 없이
자취도 남김없이 모두 떠나─가고
잔설 이란 이름으로 남아 있네요.

나도
이제는 가야만 해요
숨김없는 바람에 하루를 내어줘도
이곳이 나에게는 아주 좋은 자리지만
이제는 산천도 품어 주지 못한데요

친구 떠나갈 때
함께 갔어야 하는 것을
그 친구들 소리 없이 자취 감출 때
음습한 곳 숨어서 자리를 지켰더니
부서지는 햇살 계절의 변화에

따스한 태양 빛
두려움도 견디고 지켰지만
조금만 참아 주면 떠날 것을
불어오는 훈풍에는 견딜 수가 없어
하얀 옷 눈물짓고 길 따라 떠나려 하네

자연이 주는 선물 / 정찬열

16년 만의 강한 추위
빛 고을 무등(無等)에 폭설
32년 만의 삼다도에도 폭설
벗꽃보다 하얗게 피어났고
산야를 하얀 눈이 감싸 버렸다

눈을 뜨려는 가지에
생기(生氣)라도 주려는 듯
삼일지나 눈물을 흘렸습니다.

흘린 눈물도
아랑곳하지 않고
산야는 푸른 잎만 들어낼 뿐
대지에 버틴 이불 걷어 내지 못하고

눈에 묶인 삼다도
폭설에 묶인 제주에는
자발적인 난민이 되어버렸고

재난을 핑계 삼아
즐거움도 있었겠지만
낭만을 즐기는 불륜의 커플은
자연은 거품에는 알리바이도 안 먹혀

이제는 그곳에도
한 폭에 그림 같은 안개만 피어나고
자연은 진실 앞에 분신하고 사라진다.

정찬열 시인

특별한 간호인 / 정찬열

나는 건강한 사람이었다
호사다마라 했던가?
건강한 나에게도 불행은 찾아 왔다.
드는 환갑 나이에
생과 사를 넘나드는 고통의 시련

일어나지도 못해서
대소변을 받아내고
병원 침대째 밀고 다녀야 하는
칠 개월간의 병상 생활과 3년의 재활 치료

변변치 못한 식생활에
나의 간호에 밤잠을 설치며
상처 부위를 어루만지고 감싸고
목욕도 시키고 음식을 먹여주며
키 작은 침대
쪼그린 잠자리에 힘들 간호생활

10여 시간 걸린 수술에
생사를 지켜봐야 하는
4회의 수술을 지켜보는 대기실
살아나기만을 기도하며
기다리는 번뇌의 시간

그때의 후유증으로
몇 차례의 수술과 입원을 반복하여
오늘도 환부를 달래고
나의 몸을 돌보고 씻기고 보살핀다.

그 후 아내는
불면증과 잔병치레에 시달린다.
환갑을 넘기고 오늘도 병실에서
잔병에 시달리면서도 행복해하는 웃음 위어

나의 병간호를 도맡아 하는
누구도 하기 힘든 특별한 간호 내조인

🎵 **시낭송 QR 코드**

제 목 : 봄오는 길에서
시낭송 : 박순애

프로필

· 경기도 시흥시 거주(전남 함평 출생)
· 2006년 대한문학세계 시 부문 등단
· (사)창작문학예술인협의회 정회원
· 대한문인협회 경기지회 정회원
· 2006년 명인명시 특선시인선 선정
· 2009년 명인명시 특선시인선 선정
· 2015년 명인명시 특선시인선 선정
· 2015년 대한창작문예대학 졸업 / 문예창작지도자 자격 취득
· 2016년 명인명시 특선시인선 선정
· 2016년 5월 이달의 시인 선정
· 2017 명인명시 특선시인선 선정
· 금주의 시(2013,2014,2015년 다수 선정)
· 〈저서〉 시집 "이방인의 사계 그리고 사랑"

정태중 시집
"이방인의 사계
그리고 사랑"

봄오는 길에서 / 정태중

잠시
일을 멈추고
창밖을 보았어요

은은한
햇살에 비추는
꽃 순 걸린 나뭇가지

뽀송한 솜털
하느작
내게로 왔어요

봄볕에
엷은 미소가
파릇하고

바람에
나뭇가지가
하느작

끌림 하나에
내가 걸어갔어요
거기에 그대 있으니까요

제목 : 봄오는 길에서
시낭송 : 박순애
스마트폰으로 QR 코드를 스캔하면
시낭송을 감상할 수 있습니다.

여로 / 정태중

짙은 안개가 꽃잎을 밀어내고
바람에도 떨어지지 않던
화려한 색들이 이슬의 무게에
수직 낙화하고

잔가지 꽃잎 떨어진 자리
이슬은 잎새를 끌어올리고
슬퍼할 겨를 없이 새순 하나
수평으로 키를 키우고 있네

어느 순간 무성한 잎들은
각자의 색으로 물들다가
밀려난 꽃잎들을 생각하며
또 수직 낙하하고

하얀 눈 나리어
수북이 쌓여가는 길목에서
슬픔에 빛바랜 잎 하나
또 수평으로 누워도 고웁겠네

여로(旅路) 여행하는 길. 또는 나그네가 가는 길.

사랑은 바람 같아서 / 정태중

꽃이 피면
벌 나비 찾아들다가
꽃잎 떨어진 자리
이슬이 맺히오면

스치는 바람에
향기가 그리웁고
바람 지나간 자리
이슬만 떨어지노니

사랑이 바람 같아서
이듬 봄에는
키 작은 들풀이 되어
그 곁에 누우리

참꽃 / 정태중

저마다 사연으로
고웁게도 피었던

목련이 떨어지고
개나리 날리우고
진달래 지고 나니

발아래 민들레가
이렇게도 고울 줄.

섬에는 비둘기 한 마리 산다 / 정태중

고독 섬에는
외로운 비둘기 한 마리 산다
접은 날개는
하늘을 체념한 빗장의 깃털

푸른 파도가
섬으로 섬으로 밀려서 오면
서러운 노래
꾸우꾸 꾸우꾸 변절한 울대

나뭇가지가
바람을 앞세워 오선을 그린
해변 귀퉁이
고운 결 모래에 발자국 악보

고독 섬에는
밀려온 소라의 노래 따라서
휘청거리는
외로운 비둘기 한 마리 산다

아라뱃길 / 정태중

아라뱃길 따라서
서해로 흐르는 물

저 물길에 떠 있는
유람선같이

그대 마음속 흐르는
순정의 물

그 물결에 작은 배 하나
띄우고 싶다

청춘의 꿈이 있던
정동을 떠나

굽이진 길에서 만나
돌고 돌아서 왔을 인연

이제는
노을 은은히 물든

정서의 아라뱃길에
조용히 흐르고 싶다.

정태중 시인

가을이 오면 / 정태중

안개 걷히는 아침이 오면
나는
지나간 밤을 잊을 테요

말간 햇살이 떠오르면
풀벌레의 눈물로 맺힌 방울을 보며
풀잎 끝에 눈길 머물 테요

아슬한 이슬처럼
머물지 못할 인연이라면
난 지난밤을 잊을 테요

어디선가 선선한 바람 타고 와
코끝 머무는 향기 더 짙어지기 전에
내가 먼저 그리움 짓겠어요

첫사랑 같은 가을이 오면은.

가뭄의 가을 / 정태중

이맘때
윤기 머금은 이파리
물들 준비로 바빴는데,
올여름 강수량이 적은 탓일까

흔한 소나기도 국지성 폭우도
연달아 올라오던 태풍도 없이
9월이 가면 타는 것들이 안쓰럽겠고

마른 골짜기는 아짐 가슴 같아
붉어지다가 떨어진 오동잎
버리지 못하고 걸음 멈추면,

"저 산들은 단풍이나 들는지……"
친구는 먼저 올라가
가을을 품으며 꽃으로 웃고

아짐 가슴은 젖고
설익은 과실 떨어져서
아프기도 할 텐데

때늦은
비가 쏟아지고 태풍이 몰아치고
골짜기 흥건히 넘치면

너는
저만치서 상여 꽃으로 웃고
아짐는 검붉은 저 산만을 품겠다

───────────────
아짐 : 아주머니의 전라도 방언

야생화 / 정태중

오솔길
이름 없는 꽃으로 피어
생을 서성이다가
이슬 한 모금 적시고
꽃잎 접는

밤빛에
초롱이다가
바람 부는 모퉁이
소리 없이 흘러가는
꽃, 꽃이여!

통증 2 / 정태중

사람이
꽃보다 아름답지만
때로는
꽃이 되고 싶을 때가 있다

눈을 감고
코끝에 온통 신경을 모으면
저마다의 향기로
눈물이 날 때가 있다

봄볕에 나온
매화가
흙물에서 피어 올린
연화가

그리고
가을 어느 날
노랗게 피워 내는
꽃 무리 틈,

꽃이 된 기다림은
빈 들의 눈물'
바람과 결탁한 서러움에도
가슴 저미어 올 때가 있다.

시인 조민희 편

♪ 시낭송 QR 코드
제 목 : 그냥
시낭송 : 박태임

프로필

· 경기 부천시 거주
· 대한문학세계 시 부문 등단
· (사)창작문학예술인협의회 정회원
· 대한문인협회 경기지회 정회원

· 2016년 6월 금주의 시 선정
· 낭송시, 우수시 다수 선정
· 2016 특별 초대 시인 시화 작품전 선정
· 2017 명인명시 특선시인선 선정

그냥 / 조민희

그래
세상은 그런 거다
그냥 놔두면
굴러, 굴러가는 거다

구름 흘러가듯
바람 지나가듯

꽃 피고 지고
만나고 헤어지고
세상 그렇게, 그렇게
흐르는 거다

의미를 두지 말자
그냥 흐르도록 놔두자

울기도 웃기도 하며
그렇게, 그렇게 가는 거다

이길 저길
제 갈 길 수 갈래 길 같다만
나중 길은 다 한길인걸

그냥, 그냥 가라 하자

제목 : 그냥
시낭송 : 박태임
스마트폰으로 QR 코드를 스캔하면
시낭송을 감상할 수 있습니다.

조민희 시인

행복 / 조민희

아주 작은 것에서도
감사할 줄 아는 사람
행복해하는 사람은
늘 기쁨이 있는 사람이다

큰 명예
큰 부귀
큰 권력에 행복이 있다고
생각하는 사람은
진정 행복이 뭔지 모르는
불행한 사람이다

주변에 아기자기하게
널려있는 작아 보이는 행복들이
부귀
명예
권력보다
얼마나 귀한 행복의 씨앗인지
세월 지난 뒤 알게 되는 것

어찌 그리하셨습니까 / 조민희

어찌
그리하셨습니까

그대가 심어놓은
내 가슴에 가득한 꽃을
어찌 그리
그렇게 무참히도
짓밟으셔야만 했습니까

한 송이라도 남겨졌다면
홀로 외로워 떨지라도
한 가닥
그리움이라도 남을 텐데

어찌 그리도
무정하셨단 말입니까

열 손가락 모두 펴도 셀 수 없는
지나온 그 긴 세월
그동안 함께했던 추억마저도

그 무엇이 그토록 길바닥에
흩날리는 낙엽만치도
값없게 만들었단 말입니까

어찌 그리도
비정하셨단 말입니까

지나온 세월이 섧더라도
우리 젊은 날 꿈 담던 별 보며
연민이라도 남겨 놓으시지요

훗날 조그만 그리움이라도
남아 있게
꽃 한 송이라도 남겨두시지요

어찌
그리하셨습니까

가을 / 조민희

초승달
나뭇가지에 걸려있고

풀숲에선
풀벌레 울음소리 애닯다

그리움 가득 주렁주렁
익어가는 가을

향 짙은 가을바람은
음악이 되어 흐르고

들녘 홀로선 허수아비가
애잔해 지는 건

녹푸른 갈 잎새는
가슴으로 떨어져
붉게 물든다

커피 향 갈바람에
가슴 뛰는 건

지난날 그대 함께 걷던
논둑길 코스모스가
그리워지는 건

혹여나
갈바람 따라 그대 오시려나

짙은 그리움에
망연히 가을을 바라본다

나는 그 자리에 있을 거요 / 조민희

먹구름이 하늘을 덮어
그대 길을 잃는다 해도
나는 이 자리에 있을 거요

먹구름 지나간 뒤
달빛 길을 열어 당신이 올 때까지
늘 기다리던 그곳에
나는 그 자리에 있을 거요

길을 잃어 먼 곳에서
물어물어 찾아올 때
세월이 지나 못 알아볼까
그때 있던 당나무 옆
나는 그 자리 있을 거요

세월 흘러 나 잠시
누워있다 해도 나 그대
향기 기억하고 있소
그대 오는 길목에서 잠시
쉬고 있을 거요

그대여 부디 어서 오시오
가버린 세월
서러워하지 마세요

나는 늘 기다리던 그곳에
그 자리에 있을 거요

그대 / 조민희

그대라는 꽃의 향기는
어느 꽃에서도 느낄 수 없는
세상 단 하나
그대에게서만
취할 수 있는
무지개 향입니다

세상 단 하나뿐인
그대라는 꽃
그 누구도
모방할 수 없는 그대 향
그게
바로 당신입니다

그대라는
꽃 향에 취하면

세상은
사랑으로
기쁨으로
행복으로 가득 찹니다

친구야 / 조민희

친구야
마음의 창을 열어봐

새들이 놀러와 노래하도록
꽃나무도 심어놓고

예쁜 꽃씨도 뿌려놓아
아름다운 정원도 가꾸어볼래

길바람도 들어와
쉬어갈 수 있게

봄엔
푸르른 날
예쁜 꽃 내음에 벌과 나비
함께 놀고

여름은
산들바람
초록빛 바다 담아
뭉게구름 타고 여행하는 거야

가을엔
파란 하늘 도화지에
울긋불긋
지난 추억 담아보고

겨울은
겹겹이 쌓인 하얀 그리움
모닥불 지펴
함께하며
따스한 커피 한잔이면
참 좋지 아니한가

조민희 시인

노송 / 조민희

긴 긴 날 만고 풍파 견디며
덧없는 세월 품어낸
늙은 몸뚱어리

부딪치고 깨진 절벽
바위틈새 눌린 몸 견뎌가며
모진 바람 휘어잡고
비 눈보라 삼켜가며 산 섦은 세월

대자연의
아버지 같은 우직함과
전장터의
장수 같은 기개가 있다

혼돈의 세월
묵묵히 견뎌 내며
늘 강인한
푸르른 자태를 뽐어내는

너의 기상은 하늘을 찌르고
너의 기백은 유유히 흐르는   땅을 가르니
바다를 닮았고

모두가 너를 노래한다

시를 쓰면서 / 조민희

악기에서
아름다운
소리가 나듯이

시에서
향기가 나요

시에서
선율이 흘러요

한 자 한 자 쓸 때마다
멜로디가
흘러나와요

새가
노래를 하고요

꽃과 나무들이
춤을 추고

바람과 냇물이
장단 맞춰요

멋진 하모니를
이루네요

말로
형언할 수 없는
행복입니다.

조민희 시인

비가 내리는 날이면 / 조민희

비가 내리는 날이면
덕수궁 돌담길 작은 카페에
망연한 발길이 멈춤 거린다

빗방울이 가시가 되어 폐부를 찌르고
미련은 이 거리를 방황한다

오늘 같은 날이면
그대 가슴 한켠이라도 비가 내려
혹여나
기다림에 하루가 길다

비가 내리는 날이면
몽유병 환자처럼 바람에 불려가듯
기약 없는 날들을 비워가며
바람에 칼 갈듯 변명조차 궁색하다

껍데기만 남은 지친 몸뚱어리는
늘 무지한 미련에 잡혀가듯
코뚜레에 끌려간다.

시인 조한직 편

♣ 목차

1. 동백꽃
2. 벚꽃 사랑
3. 도라지 꽃
4. 희망을 찾아서
5. 삶은 예술이다
6. 인연의 고리
7. 너는 그리움이다
8. 기다림의 날
9. 무언의 꽃
10. 가슴에 핀 꽃

♪ 시낭송 QR 코드

제 목 : 벚꽃 사랑
시낭송 : 김지원

조한직 시집
"별의 향기"

프로필

· 대전 거주
· 대한문인협회/대한시낭송가협회 정회원
· 전)대한문인협회 대전충청지회 사무국장
· 현)대한문인협회 대전충청지회 지회장

〈수상〉

· 2010년 10월 시 부문 신인문학상
· 2011, 2013년 올해의 시인상
· 2012년 전국시인대회 장려상
· 2014년 순우리말 글짓기 전국 공모전 은상
· 2015년 순우리말 글짓기 전국 공모전 대상
· 2016년 한줄 시 전국 공모전 동상

〈공저〉

· 현대시를 대표하는
  명인명시 특선시인선 선정
  (2011~2014, 2016, 2017)

〈저서〉

· 시집 "별의 향기" 출간(2014.08)

동백꽃 / 조한직

아! 붉기도 하다
긴긴 시림 감싸 안은 봉오리
훈풍에 봄눈 녹던 날
얼굴 붉히며 활짝 벙글어진다

잎 사이로 송이송이 수줍은 듯
예쁜 얼굴 촘촘히 내민 동백아
네 가슴 이리도 붉게 타는데
사랑은 어디에서 머무나

바람 앞에 뚝 뚝
송이째 질 이별은 생각도 서러워서
타는 기다림에 싸늘한 침묵만 흐른다

아! 사랑아
오늘도 너를 기다리는데
모퉁이에서는 시린 허풍만 돌아드네.

벚꽃 사랑 / 조한직

고요의 임계점에서도 듣지 못한 신음
봄의 길목에서 여린 빛을 머금고도
그리워 신열을 앓던 그 밤은
너를 잉태하고 말았구나

하얀 꽃잎 살랑살랑
실바람 타고 내려와
흰 나비인 양 사랑을 속삭이잔다

파란 하늘이 벚꽃 위에 내려앉고
벚꽃 흰 나비 되어 하늘하늘 손을 흔드니
어찌 무심타 돌아서리오

하얀 밤
꽃 속에 별이 쏟아진다.
반짝이는 별 하나 주워서
호롱불로 밝혀 들고
하얀 꽃길을 비추며 간다.

제목 : 벚꽃 사랑
시낭송 : 김지원
스마트폰으로 QR 코드를 스캔하면
시낭송을 감상할 수 있습니다.

도라지 꽃 / 조한직

그리움, 별로 품어 안은 채
어쩌자고 토라져서 홀로 피었나

맑고 고운 얼굴 어찌도 예쁜지
눈이 갈까, 손이 갈까 마음 바쁘네

네 또래 보고 싶어 뿌린 씨앗은
다 까먹고 어째서 혼자 피었나

보랏빛 그리움 하늘 우러러
별로 숨긴 외로움은 아침 이슬로 말끔히 씻자

돌아앉아라. 외롭다고 토라지지 말고
누구도 널 사랑하니까

바라보다 돌아간대도 바로 보아라
돌아서서 흐느끼지 말고
누구도 널 사랑하니까.

희망을 찾아서 / 조한직

웅크린 영혼이여
봄의 그리움으로 다가오세요

그리하면
봄이
척박한 땅 위에 꽃을 피우듯

천 갈래 만 갈래로
야위어가는 내 가슴에
꽃보다도 더 고운 사랑을 피우리라

허공에 파랑새 날고
앙상하던 가지 끝에 생명이 움트는
터질 듯 부푼 푸름의 소리 귀에 들리는가

지금 땅 위에서는 우리를 부르고
천상에서도 우리를 부른다

나아가자
어깨를 펴고 고개를 쳐들고
희망이 보이는 저 언덕 너머로…

조한직 시인

삶은 예술이다 / 조한직

하얗고, 까맣게 가버린 날들
우리는 현재 위에서 미래를 더듬으며
영혼으로 오늘을 소화해낸다

지나가 버린 것은 언제나 허무하다
하지만 오늘이 지나가지 않고는 내일이 없다

가슴을 다 열지 못하고 살아온 날이
돌이킬 수 없는 과거로
지금도 기억 속에서 머물고 있음을 비울 수가 없다

역사는 그렇게 지나가고 난 자리에
남게 되는 아쉬운 잔재의 산물이며
누군가의 작은 손끝으로 이루어지는 예술이다

깊은 사고와 고뇌로 일구고 이어온 삶의 줄기는
반복되어온 호흡의 순간들이 과거 속으로 스민
갖가지 미련의 알갱이들이 쌓여서 채워진 것이다

과거는 단절된 것이 아니라
지금도 우리가 뒤를 이어가는 중이며
삶은 그렇게 흐르는 시간 위에서
오늘을 소화해 나가는 것이다.

인연의 고리 / 조한직

꿈의 경계를 돌아 만나는 인연은
긴 세월 위에서 얻는 것이 아닌
마음이 통하는 곳에서 이루어집니다

얼마만큼의 머 언 거리가 아닌
얼마만큼의 진실함 속에서 주고받는
소중한 마음의 관념입니다

긴 대화가 아닌
초롱초롱한 눈빛과 붉은 심장으로 나누는
내재한 본능의 심도(深度)입니다

치장한 미사가 아닌 어눌하고
덥수룩한 외풍일지언정 기본의 양심으로
늘 평상심이 졸졸 흐르는 시냇물이 되어
서로 흘러가다 만나는 것입니다

가슴으로
늘 함께 행복을 느낄 수 있는 인연은
참 좋은 인연입니다.

조한직 시인

너는 그리움이다 / 조한직

마음 간질이더니 어느 날
고목의 껍질에 빗물이 젖어들 듯
아닌 바람을 타고 바람처럼
살며시 들어와 앉은자리
심장에 파란 싹이 돋았다

간밤에
비 맞은 봄풀처럼
쑥 자라난 너
가슴안의 창을 활짝 열어놔도
날개 접힌 나비인 듯 미동(微動)도 없다

너에 휘어 감긴 내 영혼을
놓아줄 줄 모르는 속박(束縛)의 힘
헤어나려 발버둥 치면 더욱 부둥킨다

성도 이름도 묻지 않았다
고향이 어디냐 물을 수도 없었다
어디를 떠돌아온 길손이라 말하지 않아도 좋았다
그래, 그냥 그리움이라 했다
너는 그냥 그리움이다.

기다림의 날 / 조한직

너무 길어
기린 목이 될지라도
기다려야 한다면 기다리겠습니다

해가 지고 또
해가 질지라도
기다리며 또 밤을 보내야 한다면
그러겠습니다

그렇게 밤을 보내고 또
긴긴날을 보내야 할지라도
더 기다려야 한다면 기다리겠습니다

가슴팍
분홍 그리움에 사로잡혀
오월의 그으한 향기에 취한 벌처럼
날아갈 수가 없으오

그리움이 영혼으로 번져
온몸에 열꽃으로 핀 날들
기다림에 그대 오고야 말 것은
무언의 약속이겠지요.

조한직 시인

무언의 꽃 / 조한직

때가 되면 말없이 피는 꽃
아직은 차가운 봄비를 맞고 서서도
하얀 이 드러내고 방실거리니
너를 사랑하지 않을 수 없다

바람이 불면 부는 대로
흔들리면서도 웃는 웃음 속에는
송이마다 배인 사랑이 가득하다

꽃보다도 고운 그대
그립다고 말을 해도 웃음뿐
줄기는 꼿꼿하기만 하다

피어서 언제나 웃는 꽃
고와서 바라보다 슬픈 시선이 멎은 곳
은은함 속의 또렷한 그리움이다

마음에 닿은 듯해도 늘 멀게만 바라보는 꽃
무언의 기다림에 그리웠노라
한마디 말이 그립지만
오늘도 서산에 해는 지고 만다.

가슴에 핀 꽃 / 조한직

가슴에 꽃이 피었다
가슴을 열면 그 안에 꽃물이 들었다
아직 보지 못한 꽃
아니, 어느 꽃이 저리 고울까

그대는 아름다운 꽃
곁에 없어도 그리운 마음이 들 때면
수줍은 듯 고개 숙인 보라색 제비꽃으로
작은 바람에도 내 안에서 일렁인다

어디에서 보았나
하늘 아래 저리 예쁜 꽃

수줍은 듯 분홍빛 두 꽃잎 사이로
하얀 이 드러내고 웃을 때는
용광로가 아닌 그대의 작은 가슴에서
다소곳한 온유함이 나에게 스미어
바위처럼 굳어버린 내 가슴이 녹아내린다

돌고 돌아 헤매어 맞닿은 길
정녕 그대는 나의 꿈이요
한 떨기 푸른 희망입니다.

시인 **주명희** 편

♣ 목차

♪ 시낭송 QR 코드

제 목 : 비 맞는 느낌
시낭송 : 박순애

프로필

· 울산광역시 거주
· 대한문학세계 시 부문 등단
· 대한문인협회 부산경남지회 정회원
· (사)창작문학예술인협의회 정회원
· 대한문인협회 이달의 시인 선정
· 2017 명인명시 특선시인선 선정

· 〈저서〉 시집 "천국의 일상"

주명희 시집
"천국의 일상"

천국의 일상 / 주명희

사후세계를 논하며 저마다의 천국을 꿈꾼다.
정말 천국이 어딘가에 있는 걸까
그곳은 행복으로 넘쳐 나는 걸까

오늘 하루 아웅다웅 치열하게 살아내고
고단한 몸 이끌고 집으로 돌아오는 길
지는 노을에 잠시 넋을 잃는다.

우리만의 아지트
강아지 같은 내 새끼 달려오고
사랑하는 가족들 반겨주며 오순도순 한 끼 식사

적당히 따뜻한 물로 샤워하고 노곤해지면
이불 덮고 불 끄는 것,

아무런 걱정 없이 꿈속을 날아다니는 것
나는 매일 천국에 와 있는 것을.

알 수 없는 것 / 주명희

한밤중에 개구리는 우는 걸까
그들만의 향연을 벌이는 걸까
개구리가 아니면 알 수 없는 것

인생은 알쏭달쏭
죽었다 깨어나도 알 수 없는 것
사람의 마음도 그러하다.

보물찾기 / 주명희

인생에 이런저런 보물 줍다가
알찬 밤들이 여기저기 톡톡 떨어지듯이
꽃 같은 추억들이 참 많기도 하다.
어느덧 흰 머리 듬성듬성 잡초처럼 올라온다.

지나고 보면
웃던 일들, 울던 일들 추억들이 보물이었는데
보물을 찾겠다고 애를 쓰며 힘겹게 살아온 세월들

돌아보니
하루하루 주어진 삶이 보물이었네.

주명희 시인

섬 이야기 / 주명희

살아가는 것은 외로움을 견디는 일이라
어느 시인이 얘기했었지.
그 시인은 분명 나를 보았을 거야.

하늘이 화내며 비, 바람 거세게 몰아치고
거센 파도가 끝없이 밀려와 나를 부수려 때려도
나는 울지 않았어.
그리고 나는 아무나 붙잡고 내 얘기 풀어놓지 않았어.
새들이 잠깐 쉬다 가며 수다를 떠는 것,
바람과 파도가 하는 이야기를 들어만 주었지.
그들의 이야기 듣다 보면 나는
내가 제일 행복하다는 걸 느꼈지.
홀로 있지만 그래도 행복하다는 걸.

동백 / 주명희

어느 차가운 겨울에
한그루 동백나무 아래에
뚝뚝 떨어져 있는 붉은 꽃 머리

아름답던 모습은 온데간데없이
서서히 싸늘해져 가는 꽃봉오리여.
아무도 돌아보지 않는 너의 주검.
너는 우리네 모습과 닮아있구나.

좋은 시절 다 두고 굳이 힘든 날에 피었다가
따뜻한 봄날 두고 먼 길 떠나는 열정덩어리
얼어붙은 마음 녹여주려 겨울에만 피는 꽃이여.

겨울에 다시 만나자.

주명희 시인

세상살이 / 주명희

말, 몸짓, 눈빛 어느 것 하나
타인의 어눌함이 조금이라도 비칠 새면
약삭빠른 인간은 신기하게도 그것을 알아차리고
절묘하게 이용하려 안간힘을 쓴다.

약육강식의 세계에서
어찌할 수 없는 이치이지만
모자란 이, 어리석은 이, 순수한 이
어린것들에게조차
그 티 없음을 이용하는 세상

인정 없고 잔혹한 세상살이

뾰족 바위가 거친 파도에 둥글어지듯이
부딪치고 깨지며 무뎌지는 연습
평범한 인간이 되는 방법이다.

비 맞는 느낌 / 주명희

비를 맞고 걸어가는 어떤 사람이 있다면
그는 참 외로운 사람인가 보다.

이유 없이 비를 맞고 싶다면
아마 나도 외롭기 때문인가 보다.
눈물을 흘릴 수 없어서
비를 맞고 빗속에서 울 수 있을 것만 같다.

온몸으로 비를 맞으면
지독한 외로움 빗속에 덮을 수 있을 것 같다.

비가 오는 날
굳이 우산을 준비하지 않고
그냥 걷고 싶다.

제목 : 비 맞는 느낌
시낭송 : 박순애
스마트폰으로 QR 코드를 스캔하면
시낭송을 감상할 수 있습니다.

종합병원 / 주명희

병원은 이른 아침부터 사람들로 넘쳐난다.
멍들고 찢기고 콜록이고, 또 절뚝거리고
모든 종류의 질병을 한데 모아 놓은 사람들이
이비인후과, 내과, 정형외과, 소아과
각자 필요한 곳에 한데 모여
자신의 순서를 기다리며 앉아 있다.

내가 필요한 곳은 이비인후과, 산부인과...
마음도 많이 아픈데 이것은 무슨 과로 가야 되는가.

있잖아, 마음이 아픈 것은
울고 싶을 때 혼자 실컷 울고
그리고 아무 일 없었다는 듯 일상으로 돌아가는 거야.
바쁜 일상의 쳇바퀴를 달리다 보면
그냥 잊혀지는 것,

사실 나는 그 방법밖에 모른다.

마흔의 어느 날 / 주명희

인생을 이야기하기에 사십여 년의 시간이 어설프지는 않다.

집으로 돌아오는 기차 안에서
황금 들녘 바라보며 풍요로움 가득 안고

수줍은 아가씨 볼 같은 노을빛 바라보며 순수의 시대를 기억하는 것
새벽 어스름 속에 찬란히 사라져가는 별빛을 아쉬워하는 것
때 되면 계절이 변화되는 자연의 이치를 받아들이며
순순히 시간의 흐름을 거스르지 아니하는 것
매일 아침, 오늘도 눈을 뜨고 아침 햇살에 눈부심을 맞이하고
심장이 뛰고 새소리를 들을 수 있음에 감사한 마음 가지는 것

내 욕심은 이런 것으로 권태를 느끼지 아니하며
범사에 나무아미타불 관세음보살

성묘 / 주명희

등 따갑게 내리쬐는 태양 아래
가지런히 세워진 비석 아래 누워있는 영혼이여
화려한 조화들로 죽은 자의 넋을 위로한다.

한세상 살다 가도 한 평 남짓한 곳에 육체를 가둘 수밖에 없는
슬플 것도 없는 인생이여
메뚜기, 여치들이 비석 사이를 오가며 죽은 자의 벗을 청한다.

못내 아쉬워 따르다만 소주병과 잔만이 덩그러니 남아있는 걸 보니
저이는 소주를 참으로 좋아하였나보다 .

산호빛깔 청명한 높은 하늘과 이 계절 또한 변함없을진대
깔깔거리며 뛰어노는 아이들과
비석을 어루만지며 눈물짓는 노인
백 년도 다하지 못하는 우리네 인생
뭐 그리 욕심낼 것도 없이 너그러이 한세상 살다 가면 그만 일 것을

시인 주응규 편

🎵 **시낭송 QR 코드**
제 목 : 청포도 여물어가는 7월
시낭송 : 박영애

주응규 시집

"人生은 詩가 되어 흐른다"　"삶이 흐르는 여울목"

프로필

· 대한문학세계 시 부문, 수필 부문 등단
· (사)창작문학예술인협의회 이사
· 대한문인협회 사무처장
· 한국문인협회 회원
· 텃밭문학 작가회 회장
· 대한문학세계 심사 위원

〈수상〉
· 대한문인협회 올해의 시인상
· 시와 수상문학 시 부문 특별상
· 대한문인협회, 전국시인대회 은상
· 한국문학정신 독도 시 경연대회 우수상
· 예술인창작협의회 한국문학예술인 대상
· 대한문인협회 한국문학 최우수문학상
· 전국문학창작 공모대회 인천광역시장상
· 전국문학창작 공모대회 전라남도지사상

"시간 위를 걷다"

주응규 수필집
"햇살이 머무는 뜨락"

· 대한문인협회
　　　　한국문학 베스트셀러 작가상
· 제4회 윤봉길 문학상 대상
〈저서〉
· 제1시집 "人生은 詩가 되어 흐른다"
· 제2시집 "삶이 흐르는 여울목"
· 제3시집 "시간 위를 걷다"
· 수필집 "햇살이 머무는 뜨락"

· 기타 공저 : 여러 문인협회, 문학회,
　　　　　　 신문 등 동인지 다수

주응규 시인

봄 햇살에 피는 추억 / 주응규

봄 강에 가랑가랑 부서지는
꽃바람이 어느 春心을
하느작하느작 흔드는 봄날

첫 꽃물들인 옷매무새 고왔어라
그대 웃음 띤 청아한 모습이
봄 햇살에 초록이 피어나네

봄볕에 흐르는 꽃향기 스미면
남몰래 눅잦히던 가슴은
볼그레 봄물이 올라
수줍게 꽃망울을 터트리네

옛 추억을 살몃살몃 들춰내는 봄
어느 봄날에 흘리던
그대 가엾은 눈물을 닦으리.

봄볕 그리움 / 주응규

소쩍새 울음소리 깊어가는 날
봄꽃은 그대 모습을
뽀얗게 피워내건만

봄날을 간지럽히는 햇살에
꽃바람이 그대 내음을
올올이 엮어내건만

물빛이 산그늘에 잠기는 날
돌아오마 라던 속언약은
한낱 귀치레 셨나

나는 그대를 기다리고 있는데
그대는 나를 잊었는가.

주응규 시인

청포도 여물어가는 7월 / 주응규

임 사랑하는 넝쿨진 가슴이
알알이 멍울지는 칠월에는
푸르디 시린 눈물을
차마 흘릴 수 없습니다

푸른빛 철철 물결치는 강(江)에
눈물을 떨궈본들
임께서 알아볼 리
만무(萬無)하기 때문입니다

덩굴진 가슴 갈래갈래
샘솟는 사랑이 송아리를
볼땀스레 맺었습니다

칠월을 새파랗게 씻기는 장맛비
청포도 속살 깊이 파고들면
옥구슬 빛 청아한 자태로
연가(戀歌)를 부릅니다

칠월의 뜨락에 다래다래 열려
임 바라기를 하는
청포도의 순결한 사랑은
임께서 쏟아붓는
애련(愛戀)한 볕에
새금새금 여물어갑니다.

제목 : 청포도 여물어가는 7월
시낭송 : 박영애
스마트폰으로 QR 코드를 스캔하면
시낭송을 감상할 수 있습니다.

여름날을 달구는 엄마 생각 / 주응규

논두렁 밭두렁에 뿌려두신 땀방울이
도랑을 흘러넘쳐나
멱을 감다시피 한 여름날
안마루에 팔베개하고 누우면
삼베적삼에 흥건히 배인
울 엄마 곰살궂은 땀 내음이
가슴을 저미도록 풍겨오는
한갓진 나절

햇볕에 가무잡잡하게 그을려 해쓱한
먼빛 그림자를 앞세우고
사랫길 너머 꿇어 오르는 햇발 속을
꼬부장히 굽은 허리로
삶의 버거운 짐을 이고 지고
뿌연 흙먼지 바람 날리시며
한여름 가파른 등성이를
넘어오실 것 같은 울 엄마

여름날을 섧게 달구는
매미의 자지러지는 울음소리 따라
땀과 눈물에 얼룩진
울 엄마 삶의 가쁜 숨결이 목메 와
고샅길 야트막한 울타리
사립짝을 활짝 밀어젖혀
가슴으로 울 엄마 고이 드리옵고
흘리는 때 늦은 눈물은
한여름날 한바탕 쏟아지는 소낙비 같으리.

멱감다 : 냇물이나 강물 등에 들어가 몸을 씻거나 놀다.
곰살궂다 : 성질이 싹싹하여 정겹고 다정스럽다. / 한갓지다 : 한가하고 조용하다.
사랫길 : 논밭 사이로 난 길. / 고샅길 : 시골 마을의 좁은 골목길.
사립짝 : 나뭇가지를 엮어서 만든 문짝.

오동나무 / 주응규

울 어머이 떠나 보내실 적에
불초자(不肖子) 위해 애가 말라
속이 하얗게 찼어도
마디를 두지 않은
오동 지팡이를 땅에 짚고
통곡했었다

햇무리에 어리는 눈물일랑
오동 잎사귀에 쏟아붓고
해 넘어간다

갈 빛 물든 가슴이 뜯는
사모곡(思母曲)에
오동 가지 빈 둥지에 머물던
봉황새 날아올라
달무리에 담기면
달 기운다

오동 잎사귀는 소슬바람에
사각사각 깎여나
떨어진다.

어머이: 어머니의 방언(경상, 강원)

추풍(秋風) / 주응규

가을바람이 외로움을 안고
그지없이 불어와
고즈넉이 잠든 그리움을
흔들어 깨우네

밤새 바람이 드세더니
숲을 흔들어
신열(身熱)이 오른 잎새
봄꽃보다 붉네.

주응규 시인

12월 송가(送歌) / 주응규

햇빛 달빛을 밟고 지나 열두 징검돌을 건너
그대와 동행한 긴 듯 짧은 여정은
어느새 막바지 고빗길을 넘으면
그대와는 영영 이별이라오

석별의 눈물을 흘리는 그대
행여나 가슴에 응어리 맺혔거든
남김없이 떨쳐주오

그대와 더불어 거닐어 온 날은
비바람치고 꽃 피고 지고 잎새 돋고 지고
맑은 날 흐린 날 번갈아들며
눈물겨운 사연도 참 많았구려

그대와 동고동락했던 소중한 시간
세월의 그늘에 차츰 묻힐지라도
간간이 가슴에 피우리니
그대 부디 잘 가시구려

재 너머로 총망히
새 손이 오신다는 기별이 왔소
그대가 묵었던 사랑채를
말끔히 단장해
새 손 맞을 채비 하리다.

눈 내리는 날의 단상 / 주응규

내 삶의 공간에서 사라져 간
무수한 얼굴이
눈송이 타고 오시네요

내 삶에 침투한 고통을
깡그리 치유하시려
잔 날갯짓 팔랑이며
백의천사 납시네요

아득한 날에 흩어졌던
향기로운 옛이야기가
젖빛 사연 물고
사뿐히 내리네요

함박눈이 그리움 싣고
오늘처럼 내리는 날은
지친 삶의 무게를
잠시 내려놓을까 합니다.

주응규 시인

그대 왜 그러셨어요 / 주응규

그대 내게로 향하는 사랑 빛
고스란히 내리비추어 주시지
왜 그늘막을 드리우셨나요

그대 나로 하여금
가슴이 쓰라리고 아프시다고
진작 말씀 주시지
왜 홀로 가슴앓이하셨나요

그대 절로 눈물이 나는 날이면
내 품에서 목 놓아 울어버리시지
왜 몰래 숨어 우셨나요

그대 내게 사랑한다는 말
넌지시 건네시지
왜 속마음을 꼭꼭 숨기셨나요

눈길 한번 아니 주시길래
너무나도 쌀쌀히 대하시길래
내 가슴을 후벼 판 그대여!
왜 그러셨어요?

알량한 자존심에
마음의 빗장을 걸어 놓으신
그대는요 멍청이
그대 마음 헤아리지 못한
나는요 얼간이.

인생 다반사(茶飯事) / 주응규

인생살이는 생각같이 녹록지 않나니
굴곡진 인생길을 걸어봐야
참삶을 조금은 가늠할 수 있다네

너나없이 잠시 머물다가는
세상에는 부레끓이는 일이
참으로 많네그려

삶의 목적은 성공이 전부가 아닐진대
성공을 쟁취하려 앞뒤를 재지 않는
우(愚)를 범하고 산다네

결과에 너무나 치우치지 말게나
행하는 과정의 구슬진 땀방울에서
행복은 피어나는 것이라네

잇속에 재발라
얌체같이 새치기하는 삶보다
한 발짝 느린 듯 양보의 미덕을
베푸는 삶이 아름답다네

한도 끝도 없는 탐욕에 눈먼 사람아
삶을 정갈히 여과한
차(茶) 한잔 내려 음미하며
마음을 비우시라 권하네.

시인 **최윤희** 편

🎵 **시낭송 QR 코드**
제 목 : 모래의 사연
시낭송 : 박태임

프로필

· 서울시 동작구 사당동 거주
· 현) 한국 경,공매 투자분석 연구회 고문
· 현) 윤희 공인중개사사무소대표
· 현) 스트링아트 이사
· 현) 부동산경영학회 회원

· 대한문학세계 시 부문 등단
· 대한문인협회 서울인천지회 정회원
· (사)창작문학예술인협의회 정회원
· 2016학년 숭사인 학술 공모 시부분 입상
· 2017 현대시를 대표하는 명인명시 특선시인선 선정

가을밤의 첼로 연주 / 최윤희

빨 알 간 단풍 비단길 위에
어둠이 살알 짝 내려앉을 때
한 여인이 라흐마니노프의 '보칼리제'를
구슬프게 연주하고 있구나
나뭇잎의 색이 변한 것이 슬픈 것인지
어둠이 와서 슬픈 것인지
여인의 마음에 가을이 들어왔는지
곡의 여운이 너무 구슬프게 어둠의 연기와 같이 여인을 감싸 안고 있구나
점점 어둠은 찢어지고 여인의 모습은 사라지고
연주 소리만이 들리고 있구나

모래성 / 최윤희

여름 바닷가에 가면 모래로 모래성을 짓네요
아주 단단히 꼭꼭 눌러 성을 완성하지요

그러나 파도가 밀려오면 튼튼한 모래성도 허물어져 버립니다
마치 마음 약한 저같이
아무리 결심하고 단단히 마음먹어도
바람만 불어도 약해지니 말입니다

세상의 이치를 보면 인간 세상과도 같습니다
다만 마음속 모래성이 파도를 얼마나 견디냐가 문제지요

비 온 뒤 무지개는 아름답다 / 최윤희

비가 올 때는 내 맘도 비가 와서
무엇을 할지 모르겠습니다

가을 낙엽이 쌓인 거리처럼
마음속도 스산함이 가득합니다

무얼 원하는지도 ,
무얼 찾는지도 알지만
알면서도 못하는 맘에
공허함이 메아리칩니다

곧 비도 그치겠지요
그럼 맘속에 비도 그칠까요
그럼 비가 그친 뒤 무엇을 할까 알겠지요
비가 그친 뒤 뜨는 무지개는 아름답다고 하던데
맘속에도 무지개가 떠오를 수 있겠지요

최윤희 시인

찬바람 / 최윤희

찬 바람이 창틈으로 들어오누나
어느덧 가을이 스치듯 지나고
겨울이 오는 것인가

창밖의 들판은 황금색으로 물들어
가을의 들판인 줄 알았는데
벌써 겨울을 준비하고 있구나
하늘은 찬 바람으로 겨울을 준비하라
알려주네

찬 바람이 창틈으로 들어와
내 몸속으로 파고들어와
한기를 느끼기 전에
겨울을 준비해야겠네
몸과 마음이 얼기 전에

해바라기 / 최윤희

늘 나만 보는 해바라기
늘 나만 사랑하는 해바라기
늘 나만 생각하는 해바라기

난 늘 미안한 작은 들꽃
늘 투정만 부리는 들꽃
항상 커다란 해바라기가 들꽃에게 속삭이지요
너는 내 안에 그늘에 있다고

들꽃은 해바라기를 물끄러미
쳐다본다

Before sunset / 최윤희

태양이 뜨기 전에 고요함을 아는가
그 전날 속된 것을 밤이라는 어둠으로
가려버리고 다시금 태양으로 하여금
새로운 날을 열어주니
이 얼마나 오묘한가

인생도 과거를 회상하며 연연하기보다는
미래의 찬란한 태양을 뜨는 것을 준비하여
새로운 인생의 서막을 여는 것이 중요하지 않을까

인생에도 밤과 낮같이 어두운 부분은 가려주고
태양이 뜨기 전에 고요함과 서광이 비추면서
그 태양으로 인해 새롭게 시작되는 인생을 기원해 봅니다

그리운 얼굴 / 최윤희

귓가에 들리는 숨소리
뒤돌아보면 낙엽 떨어지는 소리였네

코끝을 자극하는 이 익숙한 냄새는
그 사람의 체취
그러나 그것은 가을의 향취였다

낙엽과 가을의 향취마저 그 사람을 그리게 만들고
마음속 캠퍼스에 계속해서 그려보지만
그리운 사람의 얼굴만 더욱 그리워져
그리운 마음만 배가 되어 마음속에
쌓여가네

너무 그리워 이 가을밤이 긴긴 겨울밤 같겠구나
꿈속에서라도 그리운 얼굴을 보고 싶구나

최윤희 시인

달빛과 별빛 / 최윤희

달빛에 비추인 내 모습은 가련한 여인의 모습이요

별빛에 비추인 내 모습은 사랑의 묘약에 취한 여인의 모습이니라

같은 밤에 나오는 빛을 내는 것들인데
왜
내 모습은 이리 다르게 보일까

내 마음의 달과 별이 무엇으로
자리 잡고 있길래
이리 다른 모습으로 보일 수 있을까

난 어느 빛을 쫓아가야 하는가
이 어두운 밤에 어느 빛을 따라가야 하는가

모래의 사연 / 최윤희

모래바람이 분다
낯선 사연들과 함께

누구 하나 보듬어 줄 사람 없는
저 작은 모래 알갱이들

말도 못하고
햇빛에 반짝반짝 몸짓만 하고

바람이 불면
날려야 하고

파도가 오면
쓸려내려 가야 하고

너무도 힘없고 약한
모래 알갱이들아

누군가
너희를 지켜달라고

아니, 누군가 너희 사연을 들어달라고
기도 하고 싶구나

제목 : 모래의 사연
시낭송 : 박태임
스마트폰으로 QR 코드를 스캔하면
시낭송을 감상할 수 있습니다.

최윤희 시인

왜 허전한 것일까요? / 최윤희

창밖은 찬란한 태양이 비추어
바닷물과 춤을 추며 반짝이는데

나는 왜 허전한 것일까
마치 마지막 나의 할 일을 다 한 듯이

저 너머 수평선은 하늘과 닿아
바다를 잡아주고 있는 듯하지만

나의 마음은 가을의 가로수의 낙엽처럼
한잎 두잎 떨어지고 마침내 허물을 벗은 듯 하구나

모래사장의 수많은 모래의 사연에 노래가
파도소리와 하나가 되어 오케스트라의 웅장한 연주처럼
나의 마음을 위로해주는구나

시인 **한규봉** 편

♣ 목차

♪ 시낭송 QR 코드

제　목 : 단시(短詩)로부터
시낭송 : 김지원

프로필

· 아호 : 백야(白夜)
· 닉네임 : 뇌비우스

· 경북 구미시 거주
· 부산대학교 공과대학 졸업
· 국방과학연구소 연구원
· (주)대우전자 부서장 역임
· 현) 품질경영시스템 자문활동 중

· 대한문학세계 시 부문 등단
· 대한문인협회 대구경북지회 정회원
· (사)창작문학예술인협의회 정회원
· 2017 명인명시 특선시인선 선정

겨울 바위 / 한규봉

겨울 바위야!
너는
이름도 모르는 비바람을 마시며
바지런히 자라더니
강한 어른이 되었구나!
듬직한 남성이 다 되었네.

겨울 바위야!
너는
어딘지도 모르는
뜨거운 지열을 덮고 살더니
촉촉한 땅이 되었구나!
거룩한 모성을 다 담았네.

깊숙한 곳에
숨겨졌던 비밀코드의
그 생명줄 하나.

감춰둔 생명의 길을 열어
겨울의 꿍꿍 소리도 없이
기적의 바위 꽃을 피웠네.

비로소
온 천지가
너를 따라 흉내 내어
굳게 닫았던 봄의 문을 여는구나!

이 세상에
다시
봄이 오려나 보다

첫사랑 / 한규봉

잠시
눈을 지그시 감고
눈앞에 그려지는
붉은 하늘을 바라본다.

그 붉음 속에서
푸른 바람으로 촛불 같았던
초록빛 사랑

첫사랑은
단어 그 자체만으로도
가장 짧은 한 편의 시다

첫사랑은
떨림 그 여운만으로도
가장 긴 노을빛 시편이다

첫사랑은
미완성 그 향기만으로도
가장 오래 보관되는 푸른빛 시집이다

완성되지 못한
미완성의 예술이
붉은 목소리로 아우성치는
초록빛의 까닭이다

한규봉 시인

단시(短詩)로부터 / 한규봉

나를 고발한 난장이가 있습니다.

키가 작지만 날씬한 그입니다
알차고 야무진 그이기도 합니다.

짧은 운명의
가문에서 태어나
'단명(短命)'의 성(姓)을 가졌지만,
곡(曲)을 타는 삶은
하얀 쟁반 위의 '시(詩)' 같아
그 감동은 오래오래 살아갑니다.

그가 오늘
나를 이렇게 고발하였습니다.
"짧고 굵게 살라"고.

제목 : 단시로부터
시낭송 : 김지원
스마트폰으로 QR 코드를 스캔하면
시낭송을 감상할 수 있습니다.

답의 그늘 / 한규봉

난 정말
잘못 알고 있었어요,
답은
정답뿐인 줄 알았으니깐

방정식이 낳은 것이 답인 양
직선만이 곧은 직선인 양
그것들이 참인 줄로만 알고,
나불거리는 정답의 갑질 속에서
직선처럼 살아온 셈이지요.

단언컨대,
얼마나 많은 곳에
얼마나 많은 것에
각을 세운 돌을 던져
상처들을 남겼을까?

그 흉터들!
그 전율로,
소스라치기도 하고
까무러칠 것 같은
산 시체가 되기도 합니다.

해답이 따로 있다는 것을
곡선도 직선이 되는 줄을
깨치기까지에는
너무 많은 젊음을 잃었습니다.

이젠
더 늙기 전에
하얀 거짓을 서로 나누며 사는,
우리의 고향인
낡은 시집으로 돌아가렵니다.

오로지
하얀 겨우내 시집살이에서,
이 세상 끝까지
곱고 하얀 머릿결 만들듯이

남은 젊음을 쏟아
늙은 시집(老詩集) 하나
까만 머릿결 같이 만들어야겠어요.

지나온 중년을 내려다보며,
답의 그늘에서
세상의 그늘을 위하여...

바람의 공연 / 한규봉

나는 보았노라
그 바람을 보았노라

이름 모르는 몸짓이
불현듯 홀연히 일어서더니,
오선 악보 위를 거침없이 세차게 휘달리는
그 바람을 보았노라

온갖 음계를 아우르며
온갖 음표를 만지작거리는
바람의 악기를 만난 것이다

일생에 단 한 번뿐인 바람을
그야말로 소용돌이처럼 일어나는
일진광풍을 만난 것이다

끝없이 넓은 광야를 지나칠 때는
주변의 풍경과 함께 어우러져
웅장하고 장렬한 오페라를 연출하노라

협곡을 굽이굽이 쏜살같이 지날 때는
가파르고 거친 호흡의 소리를 내며
다양한 협주곡을 연주하고

삶은
스스로 바람같이 일어나,
이름 없는 몸짓이 되어
저 바람 같은 악기로 사는 것이구나!

바람의 공연이
그 막을 내릴 때까지.

마음은 늙지 마라 / 한규봉

나무의 몸에는
나이테가 있어
그 나이가 새겨지지만,
나무의 마음에는
나이가 따로 없더라

나무의 몸에는
봄, 여름, 가을, 겨울이
돌아가면서
그 세월이 주름지지만,
나무의 마음에는
늙음이 따로 없도다

나이는
육체란 배를 타고 가니
그 배가 닳고 삭으면
세월 따라 늙는다만

마음은
하늘이란 배를 타고 가니
그 배는 닳고 삭지 않아
늙지도 아니하구나!

먼 길 가는
인생 나그네여,
마음은 늙지 마라

한규봉 시인

순수의 절정 / 한규봉

사랑도
기쁨도
눈물도

향도
색도
시어도

가장 투명할 때
가장 투영일 때
그 클라이맥스이요,
순수의 가슴으로 불타오르는
오르가슴이다!

서로 다른 두 개가 합일되는
꽃봉오리와 같아지는 표상이며
산봉우리와 같아지는 극치이다

순수의 젖꼭지에서
순수의 젖을 빨다

온 누리에
순수의 모유를 급유하노라!

인생 편집 / 한규봉

인생
그 낱장들을
한 권으로 편집하려니

전반기는 쓰기.
중반기는 짓기.
후반기는 허물기.

어떤 것을 썼는데
늘 쓰기는 여백으로 남아있고

어딘가에 짓기를 하였는데
늘 짓기는 공백의 미완성이며

무엇 하나를 허물었는데
허물기는 공복처럼
늘 허한 먼지만 흩날리니

채운 것이 없어
비울 것도 없다는 무소유인가!

쓰기에서 허물기까지……

그 인생을
짜깁기하며 편집을 반복하지만

묵언으로
차곡차곡 쌓인
백지 한 권을 출간 중이네

프롤로그도 없이
태어났으니
에필로그도 없이
되돌아가려고.

한규봉 시인

시어체(詩語體) / 한규봉

입은
늘 맛있는 음식을 원한다

입으로 하는 대화는
늘 감칠 맛 나는 요리를 원한다

들어오는 말과
내보내는 말이 다 무지개처럼 맛깔나면

그 보다
더 감칠 맛 나는
빨주노초파남보의 대화는 없을 것이야!

삶을
늘
감사와 감사 사이에 내려놓으면

삶은
온통
무지개 같은 시어의 천국이다

내가
시어로 말을 건네는 까닭을
알리고 싶어서
내가
시어로 글을 보내는 이유를
보이고 싶어서

오늘도
나는
나의 시어체(詩語體)를 찾아 헤맨다

시어의 탕에 빠져
익사 직전이면서도......

형용사와 부사 / 한규봉

삶이 나를 속일 때는
어느 형용사가
살가운 위로가 될 때가 있다
삶이 나를 외면할 때에는
어느 부사가
한없이 그리워질 때가 있다

어떤 형용사를 몸에 걸치면
꺾이고 젖은 몸이 잘 마르고 향이 필까?
어떤 부사를 액세서리로 매달면
어둡고 구석진 것이 빛을 발할까?

형용사가 시집오는 날
부사가 장가드는 날
이들의 그러한 잔칫날에는

인생은 굿을 한다
그들의 팔자대로 굿을 치른다
한바탕의 씻김굿을 한다

삶은 춤을 춘다.
그들의 뜻대로 춤을 춘다
한바탕의 뒤풀이를 한다

삶은
바람 같은 동사가 절반이라면,
그로 인한
인생의 절반은
단비 같은 형용사와 부사로 채우리라!

시인 **홍진숙** 편

🎵 **시낭송 QR 코드**

제　목 : 옹기
시낭송 : 박영애

프로필

· 서울 성북구 거주
· 대한문학세계 시 부문 등단
· 창작문학예술인협의회 정회원
· 대한문인협회 서울인천지회 정회원
· 한국문인협회 정회원
· 문예창작지도자 자격증 취득
· 2015년 한줄 시 짓기 공모전 동상
· 2016년 한줄 시 짓기 공모전 동상
· 2016년 순우리말 글짓기 공모전 장려상
· 2016년 10월 이달의 시인 선정
· 2017 명인명시 특선시인선 선정

〈공저 및 동인지〉
· 누구에게나 처음은 있다
· 우리들의 여백
· 들꽃처럼 제2집
· 한국문학작가회 창간호

눈 내리는 밤 / 홍진숙

바람에 흔들리던
푸른 별 하나둘 피어나고
덩달아 흰 꽃들 지천으로 피던 밤

나목 사이로 걸어오는
어느 아픔 덮는 소리일까

자박자박
사르륵

눈 내리는 밤
하얀 불면으로 홀로 깨어있던
작은 새 한 마리

홍진숙 시인

유포리 회상 / 홍진숙

소양호 물안개 따라
사과꽃 향기 바람에 날릴 때쯤
유포리 봄 길 걷자고 했지요
약속만 했는데도
빛바랜 파스텔 함석지붕이
나지막이 엎드려있던
봄 길의 그 기억
스무 살 젊음이 깨어나 걸어오고 있네요
오~~아직도 상처 하나 없이
곱고 뽀얀 살결의 청춘입니다
파랑새 날개깃처럼 흐르고 있는
푸른 소양호도 그대로 청춘입니다

배롱꽃 진자리 / 홍진숙

가을의 문턱을 넘기 전
곧 사라질 마지막 몸부림이었다
몇 날 며칠 더욱 붉었던 꽃물들
깊어진 절정으로
질 듯 말 듯 일제히 흔들리던 몸짓
아직은 물결처럼 일어서려는 짙은 초록과
축제의 난장같이 뜨거웠던
여름 뒤편 이야기들 무성한데
스미듯 늦출 수 없이 오고 있던
어쩔 수 없이 일렁임에
서둘러 떠난 나의 스무 살 닮은 붉음을
우수수 떨어진 경이롭고 쓸쓸한
지난날 꽃 그림자

홍진숙 시인

옹기 / 홍진숙

신열처럼 타오르던
뜨거움과 외로움 천천히 인내하며
홀로 단련된 끝에서
희열로 얻어진 생명 아니더냐
어둠의 언저리 같은 화려하지 않은 절제성
무채색 깊은 언어로 전해주는
적막한 겨울 냄새가 날 것 같아 좋았다
너의 소임은 품는 것
쉽게 변치 않는 지극함으로
오가는 세월 속
때로는 구름도 때로는 달빛 서넛 조각도
스쳐 지나가는 바람의 향기도
정감으로 안아줄 테지
장맛이 좋아야 집안이 잘된다고
귀히 여기어
정갈하고 신성한 곳에
자리 잡고 앉아 받들어질 몸
문득
긴꼬리 치마 넉넉히 동여매고
서 있던 조선 여인네 같은 우리 엄마 생각이 난다

제목 : 옹기
시낭송 : 박영애
스마트폰으로 QR 코드를 스캔하면
시낭송을 감상할 수 있습니다.

바람의 편지 / 홍진숙

어찌 지내시나요
곁은 지나는 바람에 물어봅니다
아프지는 않으신가요
모두가 몸살 앓는 이즈음
비 내림이 한번 지나간 자리
작은 잎은 더 커 있고
초록으로 물든 바람에 꽃들은
더 활짝 피어 향기 담아오는데
해 질 녘 노을 땅거미 밀려오면
가슴에 가시처럼 박혀있던
그대 그리움 자라나 속절없이
그대 머물던 자리 더욱 커져 보여
문득 보고 싶은 마음에
바람의 편지 보냅니다

홍진숙 시인

단풍잎 / 홍진숙

신께서 늘
반짝일 수 있는 生만 약속하신 것은 아니기에
지금의 낙화 이별도
신의 변절은 아닐 테지
하늘 향해 빳빳이 고개 들던
나무들과 작은 잎새
그들의 영혼에도
세상의 순리와 이치가 담겨있었음을
햇살의 그림자가
작은 키로 조금씩 줄어들고
가을의 소명이 끝나갈 때쯤
몇 번인가 다쳤을
마음의 핏빛이 스미던 것처럼
마치 그 핏빛 같은 단풍잎을 보다가
세상의 이치와 순리를 알았지

해빙 / 홍진숙

새싹들 발돋움
지온으로 피워 올리기까지
남모르게 무수히 발버둥 치는 사이
지금은 훈풍이 스친 자리는
낙엽도 꽃처럼 보일 때
햇살의 그림자
찰랑찰랑 환하게 번져올수록
모든 잎들이
모든 줄기들이
자기들만의 생의 소리를 듣기 위해
꿈틀거리느라 몹시도 분주한 나날들이다

홍진숙 시인

능소화 그 환함의 적막 / 홍진숙

끊임없이 기다린다고 했지
씩씩한 푸르름이 자라던
골목의 어귀 그늘진 자리에서
보고 있을까
여기저기 떠돌던
들키고 싶지 않은 쓸쓸함 들이
서로 기대어 적막하고도 환한
등불을 켜고 있는 것을
끝내 꽃잎으로 번진
깊게 깊게 흐르고 있던 흐드러짐
그 깊은 골목은
아마도 채우고 싶었던 빈 가슴이었음을

12월 / 홍진숙

마른 꽃잎처럼
푸석하게 내려앉은 일상들을
햇살이 짧아진 탓이라고
애매한 변명을 서둘러
따듯한 차 한 잔 속에 넣어 마신다
바람이 촘촘히 서 있는 나목을 휘돌아
적요의 언덕에 서서 한 박자 "쉼"
호흡을 고를 때
모두는 떠나고 어디선가 시작되고 있을
또 다른 생애

홍진숙 시인

평행선 / 홍진숙

넌 저 만큼에서 서 있었고
난 이쯤에서 기다렸지
익숙했고 우리가 좋아했던 단어
공감과 동감
지금은 왠지 낯설고 정처 없어 보인다
만날 수 없는 두 직선 위에 서 있는 너와 나
우리는 얼마나 더 오래 서 있어야 할까
아득한 그림자들이여

♪ **시낭송 QR 코드**
제 목 : 겨울 호수
시낭송 : 김락호

시작노트

늦가을 찬바람에 노란 은행잎들이 우수수 떨어지고
겨울 다가오는 풍경이 짙어지는 잔추의 모퉁이에서
새로운 계절이 주는 설렘이 묘한 기다림을 갖게 합니다
2016년은 저에게 매우 특별한 해입니다.
먼저 아직 많이 부족한 저에게 신인문학상
수상에 이어 명인명시 특선시인선에 선정되는
과분한 영광을 안겨주신 대한문인협회
김락호 이사장님과 임원진님들께 깊은 감사를 드립니다.

저에게 시(詩)란
숨가쁘게 달리다 지칠때 잠시 쉬어갈 수 있는
영혼의 편안한 쉼터이고 가슴속 깊은 곳에서
우러나오는 영혼의 간절한 외침입니다.
돌아보건대 저의 생이 결코 순탄치만은 않았기에
파란만장했던 삶을 시(詩)로 진솔하게 풀어내며
독자들에게 큰 감동과 희망을 주는 시인이 되도록
부단히 노력하겠습니다.

황유성 시인

개나리꽃의 슬픔 / 황유성

봄이 오는 길목에서
하늘과 맞닿은 푸르른 초원의
부푼 기대를 안고
처음 올라와 본 하늘공원

고지대의 낮은 기온과 강풍으로
아직 봄꽃이 피지 않아
황량한 들판처럼 삭막하다

많은 사람들이
봄꽃 구경하러 왔다가
빈 걸음으로 돌아가고
으슥한 바람만 쓸쓸히 돈다

어디선가 애타게 부르는 소리에
뒤돌아보니 해우소 뒤
악취나는 그늘 속에
홀로 외롭게 피어오른 너

사무치는 그리움 속에서
혹독한 겨울의 추위를 견뎌내고
가장 먼저 봄을 열고 나와
가냘픈 몸짓으로
임 부르다 지친 너

복받치는 설움을 달래지 못해
핏기 없는 얼굴로 나를 반기니
가슴이 미어지는구나

그저 스쳐 지나갈 뿐
이름을 불러주지 않는
바람의 무심함에
너무 슬퍼하지 마라

마음을 멈추고
내가 너를 이렇게 바라보고 있으니
외로움의 눈물을 거두고
사랑으로 활짝 피어 오르거라

겨울 호수 / 황유성

늘 걷던 공원의 호수가
꽁꽁 얼어
영상의 기온 속에서도
조금도 풀릴 줄을 모릅니다

가끔씩 비추는
얇은 겨울 햇살에도
호수는 스스로를 다독여
애써 해동하려 하지만

어김없이 혹한의 바람이 불어와
아픔을 주니
쌓이고 쌓인 아픔이
하얗게 언 얼음판의 두께가 되고

이제는 따사로운 햇살마저 두려워
두꺼운 얼음판 밑으로 숨어버린 심장
봄은 멀게만 느껴지고
현실은 언제나 춥기만 해

지금 호수는
꽁꽁 언 마음을 녹여줄 수 있는
따뜻한 배려심과
사려 깊은 사랑이 필요한가 봅니다

제목 : 겨울 호수
시낭송 : 김락호
스마트폰으로 QR 코드를 스캔하면
시낭송을 감상할 수 있습니다.

황유성 시인

고 독 / 황유성

세월의 바람으로
빛을 잃은
외로운 별 하나

어둠으로 뒤덮인
멀고 긴 길을
도망갈 수도 없이
오래 혼자 걸어오며

억압된 영혼과
지치고 고된 삶 속에
외롭고 헛헛한 마음
달랠 길 없어

쓰디쓴 와인으로
잔을 채워
입안 한가득
고독을 털어 넣으니

술은 취하지 않고
서러운 눈물만 뚝뚝

네 꿈을 펼쳐라 / 황유성

구름을 헤가르고
불끈 솟아오른 6월의 태양
뜨거운 열기를 뿜어내며
대지 위에 누워버린 꿈을 달군다

태양은 찬연히 빛을 뿜으며
나이의 경계를 허물고
내일의 비전을 보여주지만
긴 세월 가시밭길 헤쳐오며
마디마디 옹이 들어찬 꿈은　　　굽힐 줄 모르는
율의로 빗장을 걸고 졸고 있다　　금빛 태양의 뜨거운 유혹에
　　　　　　　　　　　　　　　요동치는 심장 타오르는 언어
꿈이여 희망이여　　　　　　　　발가벗은 알몸으로 태양 앞에 서서
깨어라 일어나라　　　　　　　　모두 쏟아내고 토해내니
가슴을 열고 태양을 품으라　　　응어리진 마음이 스르르 녹고
손발을 꽁꽁 묶어버린　　　　　꿈과 희망이 용솟음 치누나
두려움의 쇠사슬을 끊고
굳센 용기로 다시 한번　　　　　꿈이여 사랑이여
열정을 불태워 보는 거야　　　　정열의 태양처럼 활활 타오르라
　　　　　　　　　　　　　　　황혼이 질 때까지

　　　　　　　　　　　　　　　내일은 더욱 찬란한 태양이 떠오르리라

레드 와인 / 황유성

힘드냐
외로우냐

야윈 어깨에
커다란 고독을 둘러메고
치열한 싸움터를
누비는 여전사여
네 모습을 바라만 봐도
내 눈물이 강을 이루는구나

힘들어 마라
외로워 마라

내 너의
붉은 입술과 부드러운 속살을
뜨겁게 애무하여
거친 호흡으로 한 몸이 되리니
멀티 오르가슴 속에
힘듦도 외로움도
한순간에 사라지리라

기쁠 때나 슬플 때나
늘 변함없이 네 곁을 지켜주는
나는 너의 영원한 사랑

시 낭송 첫 무대에 오르다 / 황유성

북서울 꿈의 숲에
시낭송 축제의 시작을 알리는
팡파르가 울려 퍼지고
팔풍받이에 서 있는 나무들은
축제의 깃발을 높이 흔들며
도시의 침묵을 깨운다

시인의 가슴을 품은
시화들은 행인들 발길을 잡고
맑고 고운 화음으로
삶의 노래 들려주니
아아 황홀한
7월의 축제이어라

두근두근 가슴 안고
시 낭송 첫 무대에 오르니
무대 지붕 위에 걸린 태양은
요란한 조명을 쏘아주며
시흥을 한껏 돋우고
에메랄드 빛 보석으로
화려하게 장식한 호수는
밝은 빛을 뿜어 내며 축복한다

뜻깊은 축제의 장에
갖가지 색깔로 곱게 빚은 시가
음률을 타고 가슴으로 적셔 드니
모락모락 익어가는 문우의 정
그 감동의 파노라마
아아 나는 마냥
행복한 사람이어라

황유성 시인

등하불명(燈下不明) / 황유성

저물어가는 가을이 아쉬워
집 근처 공원에 나가보았네
등잔 밑이 어둡다더니
바로 내 주변이
이리도 아름다울 줄이야

습관적으로 살아온 내 인생
너무 가까운 곳에 있어 보지 못하고
먼 데서만 찾느라
세월을 허비하고 있었네

시(詩) 참선에 들다 / 황유성

산마다
색동저고리 곱게 차려입은 늦가을
세속의 번뇌를 가득 실은 단체버스가
뒤뚱뒤뚱 달려 도착한 산정 호수

세속의 짐을
관음산 나뭇가지에 걸어 놓고
호수의 데크로드를 따라
긴 해탈의 수행길을 걷는다

정결한 미소로
예토의 온갖 번뇌를
말끔히 씻어주는
영험한 갠지스 강이여

세월은 앞만 보고
달려가지만 너는 그 자리에서
파란만장한 세월을 품어 안으며
절정의 내공을 쌓았구나

호반의
에움길에서 수북이 쌓인
세속의 먼지를 훌훌 털어내고
행선(行禪)에 들어간다

자애로운 눈빛으로
수행자들을 바라보는 명성산
호수에 병풍을 둘러쳐 세속의 유입을 막고
방편을 열어 청정한 참선을 돕는다

수심과 굴레로
사위어 가는 영혼의 정수리에 맑은 기운이
쏟아져 내리면 오색영롱한 후광이 내비치고
인욕바라밀 피안에 이른다

기쁨의 승리자여
너의 고귀한 이름을 되찾아
세파에 단련된 강철같은 의지로
어두움을 밝히는 별이 되어라

우리들의 이야기 / 황유성

그리운 얼굴 찾아
단체 버스에 몸을 싣고
남으로 서로 내달리니

내솟는 그리움에
금방이라도 눈물을 쏟을 것 같은
잿빛 하늘과 으등그린 초목들이
이형의 모습으로 다가왔다 멀어지며
긴 기다림 끝에 다다른 곳
전북 부안 채석강

반가움의 눈물 속에
손을 맞잡은 옛 친구들과
채석강 방파제 위에 올라
꽃향기 사랑 가득 담은
사랑 배 띄우니

행여 바람의 유혹에
흔들리고 기울어질세라
인고의 주름이 채병이 된
병풍바위로 병풍을 치고
숨죽이는 바다

바다와 하늘이 만나는
수평선 위에
별처럼 아름답게 수놓은
우리들의 사랑 이야기

해바라기 연정 / 황유성

오 그대는 나의 행복
맑고 푸르른 여름날 아침
격렬한 모닝 키스로 잠을 깨우고
새로운 활력을 불어넣는 그대
그대의 뜨거운 눈빛에
세상을 다 가진 듯 함박웃음 터뜨리고
그대의 정열적인 입김에
내 마음은 구름을 타듯 호숩다

오 그대는 나의 운명
질긴 인연 숙명의 길에서
만남과 헤어짐의 수없는 반복으로
기쁨과 슬픔이 뒤엉킨 시간들 속에
더욱 견고하고 원숙해진 사랑
변화무쌍한 외부 환경으로
때론 기약 없는 이별에 맞닥뜨려도
어둠의 심연 속에 허우적거리며
날마다 가까이 더 가까이
그대 향해 다가가고 있음이여

오 그대는 나의 전부
이 세상 어떤 것도
그대를 대신할 수 없기에
그대 향한 일편단심 사랑
그대가 없으면 초원도 사막이요
그대만 있으면 사막도 초원이니
그대랑 함께 꿈의 낙원에서
영원히 영원히 살고파라

현대시를 대표하는

名人 名詩 특선시인선

(사)창작문학예술인협의회가 추천하는 대표시인

* 지 은 이 : 김락호 외 55人

　　　강사랑 고경애 곽철재 국순정 권태인 김강좌 김기월 김동환 김락호 김명시
　　　김상화 김선목 김소월 김 억 김영랑 김이진 김인숙 김정희 김종대 김혜정
　　　김흥님 김희선 김희영 박근철 박기만 박순애 박영애 박정재 박희자 백설부
　　　석옥자 성경자 안복식 안정순 윤동주 윤춘순 이 상 이유리 임세훈 임재화
　　　임종구 장계숙 전윤구 정병근 정상화 정지용 정찬열 정태중 조민희 조한직
　　　주명희 주응규 최윤희 한규봉 홍진숙 황유성

* 펴 낸 곳 : 시사랑음악사랑
* 발 행 인 : 김락호
* 디 자 인 : 이은희
* 편 　 집 : 박영애 이은희
* 표지그림 디자인 : 김락호
* 초판 1쇄 : 2016년 12월 18일

* 주 　 소 : 대전광역시 중구 목중로 26번길 45 311호(중촌동,중도쇼핑)
* 연 락 처 : 1899-1341

* 홈페이지 주소 : http://www.poemmusic.net
* E-mail : poemarts@hanmail.net

정가 / 22,000원

ISBN 979-11-83673-58-3　　　03800